Eduardo Cesar Leite

Anjos e Demônios

Tradição Hitleriana

Segunda Edição

São Paulo

2024

ANJOS E DEMÔNIOS
TRADIÇÃO HITLERIANA

Apresentação

Tem-se conhecimento que a suástica nazista é muito antiga, não se sabe quem teria utilizado pela primeira vez, entretanto os estudiosos afirmam que tem mais de cinco mil anos, e que seu significado "condutor do bem-estar", conhecido como um símbolo da sorte pela maioria das culturas, e que sua origem vem do sânscrito svastika. Sabes se ainda que fosse utilizados nas moedas da Mesopotâmia três mil anos antes de Cristo, que era facilmente identificado nas artes dos povos bizantinos, e também pelos primeiros povos cristãos. Outros povos também se utilizaram do símbolo como os índios maias da América Central e os navajos da América do Norte, os hindus se utilizam simbolizando a fortuna. Portanto, a suástica sempre foi utilizada como símbolo da sorte e da fortuna.

Quando o Partido Nacional-Socialista alemão foi fundado em 1920, instituiu a suástica como símbolo do partido em virtude de seu significado, isso só ocorreu em virtude da sugestão do poeta Guido Von List, entretanto com o fim da segunda guerra mundial, o símbolo foi oficialmente aposentado, contudo foi ostentado pelo exército alemão durante toda a guerra sob o comando de Adolfo Hitler, deturpando o seu significado maior que os povos acreditavam a algumas centenas de anos.

Atualmente, em pleno século XXI, passados mais de sessenta e cinco anos do fim da segunda guerra mundial, alguns grupos neonazista mantiveram a tradição hitleriana, se utilizando da suástica e outros objetos simbólicos para reprimir grupos e culturas, instalando-se em nosso país objetivando o resgate da raça pura. Enquanto o mundo mergulha na globalização e a unificação dos povos, rompendo com os preconceitos, grupos radicais buscam ressuscitar algo que já morreu, entretanto insistem na pratica de crimes violentos em nome de uma ideologia deturpada.

O governo tem reprimido esses fanáticos, pois causam desordem, intolerância e radicalismo, se intitulam uma raça superior, mas na verdade não passam de criminosos arruaceiros que constantemente praticam crimes de homicídios.

Nesta série "Anjos e Demônios", não poderia deixar de abordar crimes de homicídios praticados por grupos radicais, alguns conhecidos como "skinheads", que na tradução "cabeça pelada", que geralmente se encontram na condição de agressores, utilizando-se de roupas escuras com coturnos, e alguns raspão a cabeça para demonstrar radicalismo, utilizando-se de soco inglês, correntes e tacos para subjugarem e agredirem suas vítimas. Entretanto muitos dos "skinheads" não se apresentam com esse estereótipo, vestem-se como pessoas normais, só que seu radicalismo é o mesmo.

Os "skinheads" foram se mesclando, fragmentando a sua ideologia nas últimas décadas, influenciados pelo neonazismo passaram a cultivar a violência contra negros, estrangeiros, orientais e grupos gays, criando grupos extremistas. Entretanto existem grupos "skinheads" que cultivam a virilidade, o futebol, a cerveja, e a música no estilo "punk", não são violentos e levam a vida como pessoas normais.

Portanto sempre que nos depararmos com algum "skin", não podemos rotulá-los, como a mídia geralmente faz, pois pode pertencer a cultura originária da década de 60, onde o único passa tempo era a música, e se alterou com as modificações do fascismo e neonazismo na década de 80.

Outra facção criminosa que praticou inúmeras agressões, foram os "carecas", que cultivam o ultranacionalismo, o fascismo, o integralismo, racistas e com caráter patriota. Sempre andam em grupos, foram marcados pela violência contra homossexuais, judeus e nordestinos. Em 1988 entraram em confronto com integrantes da CUT; Em 2000 abordaram um rapaz homossexual que passeava de mãos dadas no centro de São Paulo, sendo espancado até a morte, e em 2003 ameaçaram dois garotos que vestiam camiseta "punk rock", forçando-os a pularem do trem em movimento, resultando a morte de um deles.

Existem outros movimentos e grupos que não são adeptos a violência, como os "head bangers", que cultivam a música de "heave metal", conhecidos como "balançadores de cabeça", um estilo de música rápida, subgênero do rock da década de 60, personalizado do som da guitarra. As vestes sempre camiseta branca e calça apertada preta, fazendo performance. Assim como os góticos, vestem-se como personagens estranhos, roupas pretas, cabelos longos e modelados e cultivam saraus em cemitérios, com fisionomia triste e gosto melancólico, gostam da vida, também da morte, da literatura, da arte, da solidão, do ocultismo e do amor. Segundo Leandro Formagi, o Coruja, como é conhecido, "O verdadeiro gótico é aquele que consegue enxergar a arte por trás da escuridão. É aquele que consegue transformar a tristeza e a melancolia em poesia."

Contudo, os movimentos extremistas, como os "skinheads" e os "carecas", são radicais, causam temor na sociedade paulista quando entram em cena, principalmente por se tratar de grupos antagônicos, pois não se toleram e quando ocorre o encontro entre as duas facções, os confrontos são inevitáveis, proporcionando violência e até morte.

Primeiro Capítulo

A Intolerância

No iniciou da década de 1990, os grupos "skinheads" e "carecas", estavam sempre em confronto, inúmeros crimes foram cometidos em homenagem no que acreditava, o radicalismo extremista fazia parte do cotidiano, dificilmente se enfrentavam, entretanto hostilizavam os estrangeiros, os nordestinos, os judeus, os homossexuais, e buscavam aquilo que nunca existiu, a raça pura, nem mesmo na segunda guerra mundial, tanto que foi aniquilado pelo resto do mundo, pois não existe espaço para o extremismo.

Na madrugada de 27 de junho de 1993, no interior de um bar chamado "Góticos", em um bairro da cidade de São Paulo, os personagens da história Paulo, Cristiano, Marcos e Manoel, maiores de idade, entre 18 e 23 anos, com auxílio de dois outros menores de idade, Daniel e Cesar, reunidos e com o propósito de agredir Alex, Ciro e Caio, ingressaram no estabelecimento munidos de armas de fogo, garrucha e machadinha, desferiram disparos e golpes de machadinha contra as vítimas, causando a morte de Alex e Fernando, e a tentativa de homicídio contra Caio, que o crime só não se consumou contra o último em virtude de intervenção de terceiros, sendo socorrido e atendido prontamente no pronto socorro das imediações, e os homicidas se evadiram do local.

A polícia militar foi acionada, e empreenderam busca nas imediações capturando o menor Daniel, entretanto nenhuma arma foi apreendida, conduzindo-o ao distrito policial.

Segundo se apurou nas investigações do delegado de polícia e sua equipe do 16° Distrito Policial da Capital, que dois grupos oponentes se depararam no bar, ocorrendo o confronto, sendo que um dos grupos se encontrava armados e as vítimas desprovidas de qualquer tipo de armamento.

Enquanto o Delegado de polícia apurava no 16° distrito policial a autoria dos crimes, os acusados Paulo, Cristiano, Marcos e Manoel, juntamente com a proprietária do bar "Góticos", Cássia foram conduzidas ao 35° Distrito Policial, pela polícia militar para serem ouvidos como testemunhas presenciais dos crimes praticados, e no procedimento policial declaram que de fato os crimes ocorreram, e que os autores dos delitos foram os menores Daniel e Cesar, sendo que o primeiro foi detido pelos policiais militares e o segundo se evadiu do local.

Na declaração do menor Daniel, este admitiu o cometimento juntamente com o menor Cesar, sendo que o primeiro utilizou-se de uma arma de fogo calibre 32, entretanto jogou-a em uma lixeira, mas não foi localizada, e o segundo, na fuga, despachou uma garrucha, calibre 380, próximo ao local dos fatos, sendo que foi localizada e apreendida pelos policiais militares.

Portanto, segundo a confissão do menor, a acusação proferida pelo delegado de polícia do 16° Distrito Policial não procedia, contudo verificado as condições do apontamento da autoria aos quatro rapazes teria sido confirmado através de diligências pela equipe. Então verificamos como os policiais chegaram aquele resultado, uma vez que negavam a autoria delitiva. Surpreendentemente o delegado de polícia em um ato completamente arbitrário, instaurou um procedimento investigatório em 12 de julho de 1993, portanto vinte e cinco dias após os fatos, ouvindo os acusados: Paulo, com vinte anos de idade na época dos fatos, confessou a autoria do crime, apontando Cristiano, Marcos e Manoel, também como autores, e na mesma oportunidade também ouviu o acusado Cristiano, com dezenove anos, confessou da mesma forma e condições de Paulo indicando os demais. Verificando os procedimentos adotados na época, os dois foram ouvidos desprovidos de seus pais, portanto não havia curador para assisti-los, e o advogado que assinou o procedimento não tinha sido contratado pelos acusados, e sim tinha um escritório nas imediações da delegacia, e possivelmente acionado por alguma autoridade, uma vez que os acusados não conheciam aquele advogado que acompanhou o procedimento.

No interrogatório de Paulo, este confessa que estava na posse de uma arma de fogo calibre 32, enquanto Marcos com um calibre 38 e Cristiano com uma garrucha, ainda os acompanhava Manoel e o menor Daniel, se encontraram no bar "Gótico", e lá chegando se depararam com as vítimas Alex, Ciro e Caio, todos integrantes da "gang dos carecas", tendo conhecimento das agressões praticadas contra Manoel, dois meses antes dos fatos, as vítimas não eram bem vindas naquele bar, momento em que ocorreu uma briga generalizada, com socos e ponta pés, então Marcos sacou a arma e desferiu vários disparos contra as vítimas, foram atingidos e socorridos. Ainda no depoimento, Paulo revela que foi chantageada por uma senhora de nome Cássia, proprietária do bar "Gótico", pois caso não lhe pagasse a quantia de vinte milhões de cruzeiros, para cobrir as despesas com as mesas e cadeiras destruídas no local, e caso não efetuassem o pagamento denunciaria todos os envolvidos, e por esse motivo resolveu confessar a autoria do delito. Diante daquela situação e com a tentativa de fuga do menor Daniel, a polícia militar o capturou, levando-o, juntamente com os demais ao 35° Distrito Policial, onde lá atribuíram a responsabilidade dos disparos aos dois menores, sendo liberados posteriormente, segundo relatos no depoimento colhido pelo delegado de polícia do 16° Distrito Policial.

No depoimento de Cristiano, este ouvido nas

mesmas condições de Paulo, pois tinha dezenove anos, para poder obter aquela confissão, a autoridade policial nomeou um advogado como curador, pois caso contrário seria considerada nula aquele ato praticado pelo delegado de polícia do 16° distrito. Que de fato ele participou das agressões, entretanto nega que tenha desferido qualquer disparo contra as vítimas, desconhecendo que seus amigos estavam em poder de armas de fogo. Soube somente que Cesar encontrava-se com uma machadinha e chegou a fazer uso contra as vítimas. Mencionou ainda que não conhecia as vítimas, foi solidário aos amigos e ao Manoel que tinha sido violentamente agredido pelas vítimas dois meses antes dos fatos. Soube que Paulo foi chantageado pela proprietária do bar "Góticos" em virtude dos prejuízos sofridos, e teve conhecimento, não precisando o valor, mas foi depositado alguma quantia na conta da Cássia, que era proprietária do bar, pois caso não o fizesse, ela os delataria pelos crimes.

E, segundo informações dos acusados Paulo

e Cristiano, eles não leram os depoimentos, simplesmente assinaram com a promessa de serem liberados, pois estavam na condição de testemunhas, segundo informações do delegado.

Este é um dos procedimentos que refutávamos, e que diuturnamente era um expediente utilizado pelas autoridades policiais, induzindo às pessoas a confissão de crimes, independentemente da apuração da culpa. Os princípios constitucionais não eram cumpridos, e sim ignorados por aqueles que se intitulavam homens da lei, como de fato eram, entretanto arbitrários, praticantes do abuso de autoridade.

No mesmo dia da audição dos supostos acusados Paulo e Cristiano, a autoridade policial, com base nas confissões, representou pela prisão dos supostos acusados, sendo acolhido o pedido e minutos mais tarde, Paulo e Cristiano, foram presos e mantidos a disposição da justiça.

No dia seguinte o terceiro indicado pelas mortes, Manoel é submetido ao interrogatório pela autoridade policial do 16° Distrito, e também confessa o delito de forma estranha, pois também foi acompanhado por um advogado e curador como seu representante legal, pois tinha vinte anos de idade, indicando como coautores das agressões Paulo, Cristiano e Marcos. Em seu depoimento admiti que um ano antes dos fatos, fazia parte de um grupo conhecidos como "skinheads", utilizando-se de coturnos, óculos escuros, cabeça raspada e tatuada, permanecendo no grupo durante alguns meses, de outubro de 1992 a fevereiro de 1993, quando saiu da turma dos "skinheads", no final de março do mesmo ano, estava nas imediações da Rua Augusta, quando foi abordado por aproximadamente vinte elementos que fazia parte da "gang dos carecas", sendo linchado por aqueles indivíduos, e posteriormente socorrido pela polícia e encaminhado ao Hospital das Clínicas onde ficou internado por alguns dias, desconhecendo se ocorreu algum registro policial. Diante daqueles fatos, afastou-se completamente dos "skinheads", passando a frequentar o bar "Góticos" onde conheceu os menores Daniel e Cesar. Alguns dias depois, com assiduidade na frequência, observou que alguns "carecas" também frequentavam o bar “Gótico”, então comentou com Daniel e Cesar das agressões que sofreu em março daquele ano, e que alguns integrantes do grupo frequentavam aquele bar. Dias depois conheceu no mesmo bar Paulo, Cristiano e Marcos, sendo que um dos menores comentou as agressões que Manoel havia sido vítima, e todos ficaram revoltados com atitudes daquelas pessoas que frequentavam o mesmo espaço. E que o bar “Gótico” era frequentado por góticos e headbangers, pessoas que gostavam de música pesada e bebida, e não grupos de "carecas" e "skinheads", que são violentos e arruaceiros.

No final do mês de junho, seus amigos Paulo, Cristiano, Marcos e os menores Daniel e Cesar, passaram a observar as vítimas Alex, Ciro e Caio, e que faziam parte da "gang dos carecas", não entendiam o que faziam naquele local frequentado somente pelos "góticos" e "headbangers", achando que eles pudessem estar engendrando alguma coisa, pois os "carecas" e os "skinheads", sempre foram oposicionistas aqueles grupos. E todos sabiam que se tratava dos agressores do amigo Manoel, e naquele dia eles se encontravam no bar "Gótico", quando Paulo, Cristiano, Marcos, Manoel, Daniel e Cesar chegaram, por volta da meia noite, logo começaram as provocações dos "carecas", e a confusão se formou, e agressões com chutes e ponta pés de ambos os grupos, então alguém estava armado, desferiu dois tiros e os atingiu, lesionando Alex e Ciro, e a terceira vítima Caio, também foi atingido com golpes de machadinha, e em seguida termina a confusão com todos fugindo do local, então Cássia aciona a polícia e logo todos foram socorridos, em seguida a polícia militar efetuou a prisão do menor Daniel, pois ele e Cesar quem iniciaram a confusão e todos que estavam no local foram ajudá-los. Quando foram conduzidos ao 35° Distrito Policial narrou à versão, pois de fato, foram os menores que iniciaram a confusão, socorrendo-os.

Com aquele procedimento, e as prisões temporárias decretadas por trinta dias, os presos Paulo, Cristiano e Manoel, sendo o menor Daniel encaminhado a Febem, faltando o cumprimento da prisão de Marcos que estava foragido, e o menor Cesar que não tinha sido localizado.

A testemunha e proprietária do bar “Gótico” foi ouvida, e confirmou que de fato o local era frequentado por diversos grupos "punks", "carecas", "metaleiros" e "skinreads", desconhecendo os ideais de cada grupo, mas todos frequentavam o mesmo espaço. Que de fato os menores deram início a confusão com o grupo dos "carecas", formados por Alex, Ciro e Caio, ocorrendo mutua agressões físicas, em seguida disparos, quando abandonou o bar e foi chamar a polícia. Chegou a ligar para o Paulo exigindo a reparação dos danos sofridos no bar, mas em nenhum momento chantageou-os.

No depoimento de Cássia, proprietária do bar, causou-me surpresa, pois intencionada em abrir um bar com a denominação "Góticos", recebendo vários grupos antagônicos, que se enfrentam constantemente em virtude de ideologias diferentes, poderia imaginar que algo de ruim poderia ocorrer, uma vez que os "carecas" são oposicionistas dos "skinheads", e que fatalmente mortes poderia ocorrer, o que demonstrou a total falta de interesse na preservação da integridade física das pessoas que ali frequentavam.

Marcos, o quarto acusado se apresenta dois dias depois das confissões pelos demais, e narra que de fato integrou ao grupo dos "hedbangers" a trinta dias dos fatos, assim como Paulo, Cristiano, Manoel, Daniel e Cesar, e passaram a frequentar o bar “Gótico” por questões ideológicas, pois sempre foram apreciadores da música de heavy Metal, e que na oportunidade dos fatos, estava portando uma arma de fogo calibre 38, que foi adquirida de um desconhecido, pois se sentia ameaçado pela "gangue dos carecas", que passaram a frequentar o bar, ocorrendo discussão por questões ideológicas, enquanto os "carecas" usavam coturnos, eram carecas e agressivos, os "hedbangers" usavam cabelos compridos, curtiam metal rock e guitarras, e não se vestiam como eles, além das agressões praticadas por um dos integrantes do grupo há dois meses, iniciou-se tumulto generalizado, momento em que na posse de arma desferiu um disparo para o alto, e em seguida, sendo agredido, disparou contra um dos integrantes dos "carecas", que logo se prostrou ao chão, e todos se evadiram do local. Que quanto à exigência de Cássia, proprietária do bar, de fato ocorreu, pois dizia que era para cobrir as despesas da destruição do estabelecimento, mas chantageou a quantia aproximada de vinte milhões de cruzeiros, que deveria ser depositado na conta, caso contrário denunciaria todos, e receoso do que poderia ocorrer, depositou a quantia de quinze milhões de cruzeiros que conseguiu com a venda da arma de fogo para uma pessoa desconhecida. No final do depoimento isentou a responsabilidade dos menores Daniel e Cesar, pois segundo seu depoimento eles não participaram dos homicídios.

No depoimento da vítima Caio que este refutou fazer parte de qualquer gang, apesar de ter afirmado no depoimento na 35° Delegacia de polícia, que fazia parte do grupo dos "carecas", modificou seu depoimento rejeitando tal afirmação, pois naquela oportunidade não tinha lido, pois estava sentindo muita dor dos ferimentos, e simplesmente lançou sua assinatura. Contudo, afirmou que as vítimas Alex e Ciro tinham aderido às ideologias da gang dos "carecas", vestindo-se a caráter. No dia dos fatos, estava na companhia dos dois outros amigos, quando foram interpelados por um grupo de pessoas, aproximadamente dez, um deles se dirigiu ao grupo e disse:

- E aí carecas tudo bem?

Quando então disseram que estavam bebendo, nada mais, o grupo partiu agredindo com socos e ponta pés, sendo derrubado ao chão, recebendo um golpe na cabeça com uma machadinha, enquanto estava sendo agredido no chão, ouviu disparos de arma de fogo e logo todos se evadiram do local, permanecendo somente as vítimas, as quais foram socorridas, e ele conduzido ao distrito policial, e liberado para ser atendido no pronto socorro. Soube posteriormente que seus amigos tinham falecido em virtude dos disparos e os responsáveis presos. Na delegacia reconheceu somente Paulo como líder do grupo, desconhecendo todos os demais que foram colocados para o reconhecimento pessoal.

No depoimento do menor Cesar, que se evadiu do local após os fatos, um mês do ocorrido, comparece à delegacia, acompanhado de sua genitora, e apresenta sua versão, negando que participou das agressões, e refutando a posse de uma machadinha. Confirma sua participação no grupo dos "head bangers", a pelo menos dois anos, conhecendo pelo mesmo tempo Paulo,

Cristiano, Manoel e o menor Daniel, sendo que há um ano, conhece Marcos, não se recordando de qualquer outro que fazia parte da turma. Que no dia dos acontecimentos, chegou e foi cumprimentar a proprietária do bar, pois frequentava o local com os seus amigos, enquanto foi até o balcão, Paulo, visualizando os "carecas", foi ao encontro deles, interpelados se tinham participado do linchamento do Manoel, momento em que a vítima sobrevivente levantou-se e cumprimentou Paulo, minutos depois iniciou a confusão, com agressões, quando ouviu alguns estampidos, deixando o local. Jamais imaginou que sua turma pretendia brigar com aqueles três integrantes da "gang dos carecas", muito menos tinha conhecimento de que estavam armados, lembrando-se que no momento da confusão pode perceber quem mostrou a machadinha foi o integrante da "gang dos carecas". Soube que na delegacia Daniel assumiu a culpa pela morte dos "carecas", entretanto a verdade não foi revelada, pois Daniel não participou de nenhuma ação na pratica do crime, nem tampouco o menor Cesar, segundo seu depoimento no 16° Distrito Policial.

Na mesma oportunidade do depoimento de Cesar, Daniel foi novamente ouvido, pois se encontrava internado no SOS Criança desde dia dos fatos, mas desta vez pelo delegado de polícia do 16° Distrito, pois as investigações estavam sendo procedidas naquela delegacia. Com sua narrativa as investigações se encerravam, pois era o último a ser ouvido, e logo no início admitiu que de fato fizesse parte da turma dos "headbangers", juntamente com os demais, e que havia rivalidade com a "gang dos carecas", tendo até ódio das demais "gangs", pois alguns meses atrás, esse grupo esfaqueou um amigo no Pacaembu, e depois agrediram Manoel, desferindo um disparo contra ele, mas atingindo a perna do depoente, o que lhe causou muita magoa e sofrimento. No dia dos fatos, tomou conhecimento da presença da "gang dos carecas", e imediatamente repassou a informação, encontrando-se no sábado no bar "Góticos", e lá chegando se depararam com o grupo, entretanto não tinham interesse em criar nenhum tipo de confusão, mas sabiam que estavam por ali, e o único objetivo da passagem pelo local era pagar a proprietária, pois sempre teve muito carinho em virtude de ter auxiliado quando foi lesionado na perna com disparo, pois foi ela que cuidou do ferimento. Enquanto conversava com Cássia, os integrantes da "gang dos carecas" provocavam os amigos do depoente, chamando-os "a turma dos homossexuais", então Paulo tomou a iniciativa de conversar com os três integrantes, e chegando à mesa interpelou-os:

- E aí patife quem é homossexual?

Paulo então agarrou um dos "carecas" pela camisa, e de imediato todos os "carecas" reagiram, partindo para agressão, momento em que começou uma verdadeira guerra dentro do estabelecimento, visualizando Marcos sacar da arma e desferir um disparo contra um dos "carecas", momento em que todos se evadiram do local, sendo perseguidos pela polícia, algemados e conduzidos ao distrito policial. Quando chegou o depoente resolveu assumir a responsabilidade dos crimes, por conta própria, pois na fuga do estabelecimento Paulo lhe passou a arma que estava em seu poder, e a mesma foi despachada em um saco de lixo, não sabendo precisar onde foi que a deixou. Contudo resolveu retificar seu depoimento, dizendo o que de fato ocorreu, pois não pode assumir a culpa de algo que não fez, pois desconhecia que estavam armados, e que só assumiu a culpa para ajudar os amigos.

Nos laudos de necropsia da primeira vítima Alex, com dezesseis anos, este foi identificado com uma lesão peitoral direita, da frente para trás, transfixante, atingindo o pulmão direito e esquerdo, e perfurando o coração, saindo na escapular esquerda. Foi submetido à intervenção cirúrgica para estancar a hemorragia, contudo não suportou os ferimentos vindos a óbito. Faleceu em decorrência de hemorragia interna aguda traumática, em virtude do disparo de arma de fogo. Na segunda vítima Ciro, com vinte anos, com o corpo tatuado no membro superior direito e esquerdo do tórax, no ombro direito, com grandes figuras coloridas, mas de difícil definição de suas formas, com ferimento lateral esquerdo do tórax, característico de disparo de arma de fogo, e um ferimento no ombro esquerdo com característica de lesão provocada por instrumento contundente, talvez golpe de machadinha. Foi submetido à intervenção cirúrgica, mas não resistiu aos ferimentos causados no pulmão esquerdo e perfuração transfixante no coração, vindo a óbito. O falecimento se deu em decorrência de hemorragia interna aguda traumática em virtude das perfurações de órgãos vitais, não possibilitando o estancamento do processo hemorrágico provocado por disparo de arma de fogo.

Quanto à vítima sobrevivente Caio, com 24 anos, foi submetido ao exame de corpo de delito, e constataram algumas lesões leves com escoriações e hematomas no tórax, e uma lesão na região parietal, ou seja, na cabeça, com três centímetros, produzido por instrumento de corte.

Relata ainda o delegado de polícia, que na mesma época dos fatos, outra ocorrência foi registrada na região dos Jardins em São Paulo, foi o confronto de vinte "skinheads" com outras gangues rivais, desta vez "Carecas do Subúrbio" e dos "White Power", em frente a uma boate. Segundo policiais, um estudante com dezessete anos, integrante da gangue "White Power" foi levado ferido ao Hospital das Clinicas, mas se recusou a ser atendido por um enfermeiro negro que estava de plantão, fazendo relação com o confronto ocorrido no bar “Góticos”, pois tratava-se de grupos violentos, e que constantemente se enfrentavam em regiões de São Paulo.

No relatório final do delegado de polícia do 16° distrito, este procedeu ao indiciamento de Paulo, Cristiano, Marcos e Manoel, e o encaminhamento dos menores Daniel e Cesar, para o Juiz de direito da infância e

Juventude, em virtude dos atos infracionais do duplo homicídio contra Alex e Ciro, e tentativa de homicídio contra Caio.

Os indiciamentos foram consubstanciados nas confissões dos acusados da prática dos crimes, considerando os depoimentos retificadores que acabaram mudando a versão e assumindo a responsabilidade.

Quanto à motivação do crime, se deu em decorrência da vingança por ter um dos indiciados sido espancado pelo grupo das vítimas, denominados "gangues dos carecas", por sua vez os indiciados também fazem parte de um grupo conhecido como "head bangers", assíduos frequentadores do bar "Gótico", que reúne inúmeros grupos rivais no mesmo espaço, colocando em risco a integridade física de todos os clientes que ali procuravam se divertir.

A proprietária do bar "Gótico", conhecedora do fato nada fez para impedir a ação das gangues, ao contrário tentou acobertar a pratica do duplo homicídio e uma tentativa, resguardando os indiciados, e posteriormente exigiu dinheiro para mantê-los no anonimato, obstruindo as investigações e falseando a verdade, e favorecendo os acusados mediante ao pagamento de valor exigido, sendo que parte do recurso foi depositada na conta da indiciada.

Ao final o delegado de polícia representa pela decretação da prisão preventiva, objetivando mantê-los a disposição da justiça até o julgamento final.

Segundo Capítulo

A Batalha Judicial

O promotor de justiça recebe o procedimento criminal com o relatório policial, e confirma o pedido elaborado para decretar a prisão preventiva, oferecendo a denúncia dos acusados pela pratica do duplo homicídio contra Alex e Ciro, e a tentativa de homicídio contra Caio, sendo todos os crimes qualificados pelo motivo torpe e que dificultou a defesa dos ofendidos, previstos no artigo 121, parágrafo 2°, incisos I e IV do Código Penal, podendo a pena ultrapassar os trinta anos de reclusão em regime fechado.

Oferece ainda a denúncia contra a proprietária do bar "Gótico", pela extorsão praticada, prevista no artigo 158 do Código Penal, podendo ser condenada a pena superior a quatro anos de reclusão.

No iniciou da instrução judicial, Paulo é assistido pelo advogado Castro, que requer a revogação da prisão preventiva com base nos documentos juntados que comprovam ser o acusado primário e de bons antecedentes, com residência e trabalho fixo e ter somente vinte anos de idade, em fase da formação do caráter, não podendo permanecer no sistema prisional.

O acusado Cristiano é assistido pelo advogado Marques, que também requereu a revogação da prisão preventiva com base na ausência de antecedentes criminais, primário, com residência e trabalho fixo, justificando ainda a falta de pressupostos para manutenção da prisão preventiva.

O acusado Marcos é assistido pelo advogado Matos, que nada requereu aguardando o interrogatório judicial, assim como o acusado Manoel, que assistido pelo advogado Pereira, aguarda a realização da primeira audiência de instrução.

A acusada Cássia, constitui o advogado Figueira para defender seus interesses em juízo, entretanto responde o processo em liberdade em virtude do crime que responde.

Na audiência que o magistrado interrogou os acusados, algo surpreendente ocorreu, pois mesmo com a negativa da autoria dos crimes no procedimento policial que tramitou na 35ª. Delegacia, e posteriormente confessaram na 16ª, não sabendo em que condições esse procedimento ocorreu, em juízo todos negaram a pratica dos crimes, inclusive a Cássia, proprietária do bar "Gótico", justificando que o valor pedido aos acusados era para cobrir os prejuízos do bar, ocorrendo, portanto contradição, pois se não participaram da confusão no interior, não tinham obrigação de reparar os danos sofridos. Essa era uma pergunta bastante incomoda para aquela senhora, pois não tinha como explicar, uma vez que os comprovantes dos depósitos estavam juntados no processo, e que de fato, os acusados confirmaram o pagamento aquela senhora.

Até aquele momento, tínhamos no processo duas versões, que admitiram o crime, e posteriormente negaram a pratica de qualquer violência praticada contra as vítimas, entretanto confirmaram que estavam no local dos fatos no momento da ação criminosa.

Os advogados tinham um desafio pela frente, provar a negativa da autoria, e também refutar a confissão declarada pelos acusados.

A negativa da ação estava pautada na versão dos acusados, com apreensão de uma arma de fogo indicada pelo menor Daniel, confessando, no depoimento ao delegado de polícia, tanto do 35º, como do 16º. Distrito policial, e posteriormente também negou apontando os acusados pela pratica dos crimes, com exceção do menor Cesar, isentando-o de qualquer responsabilidade na ação.

Isso só poderia ser ironia do destino, como muitos atribuem diante de fatos inexplicáveis, que era o caso, as vítimas que figuram nesta crônica policial, geralmente estavam nas páginas dos jornais pela pratica de crimes, em antagonismo declarado entre as facções criminosas dos "skinheads" e os "carecas", violentos nas ações, mas neste caso estavam na condição de vítimas. E os "headbangers", conhecidos como balançadores de cabeça, roqueiros na concepção da palavra, que a única coisa que sempre gostaram era "heave metal", grupo de rock que extravasavam seus ímpetos com as guitarras e o som forte dos metaleiros estavam sendo acusados da pratica de duplo homicídio e tentativa.

Algo era certo neste processo além da morte dos dois jovens e as agressões contra o terceiro, pois as vítimas seguiam as ideologias da facção criminosa dos "carecas", como admitido pela vítima sobrevivente, e os acusados roqueiros assumidos, fazendo parte dos "headbangers". Tínhamos ainda o perfil criminoso dos "skinheads" ainda não identificados no crime, e os "góticos" que cultuavam a sombria ideologia.

Acredito que naquela oportunidade os advogados já tinham precisado o perfil dos grupos que respondiam aquele processo, e sobre tudo o antagonismo que gerava entre eles, pois dentro do processo vitimológico e criminológico, por tradição, sabíamos quem era o grupo violento e o pacifista, em que pese a cronologia ter nos mostrado ao contrário.

A possibilidade da violência ter partido dos acusados era infinitamente menor do que das vítimas, só tínhamos uma única motivação para o fato ter ocorrido, se aquelas agressões terem sido a resposta por conta das agressões sofridas pelo acusado Manoel dois meses antes dos fatos. Entretanto estávamos diante de uma grande dúvida, só se justificaria caso os acusados tivessem certeza que a violência contra Manoel tivesse sido praticada pelas vítimas, o que até aquele momento nada estava provado que vinculasse tais agressões, mesmo porque falavam o tempo todo da pratica de crimes pelos "skinheads" e os "carecas", sem saber se falávamos de pessoas pertencentes aqueles grupos, pois na oportunidade dois grupos se apresentavam como violentos, os "carecas do abc" e os "carecas do subúrbio".

Portanto, o caminho era longo, a busca da verdade era incessante, e os advogados tinham que continuar a comprovação das alegações dos acusados, acreditar nas palavras deles até aquele momento era muito pouco, o suficiente para a condenação, mas não para a absolvição.

A vítima sobrevivente tinha que se explicar diante daquelas versões dos acusados, tinha que defender a busca da verdade daqueles crimes perpetrados por algumas pessoas que ainda se fragilizava, mas certamente esperávamos a resposta irrefutável daquela vítima.

Decorridos quarenta e cinco dias dos fatos, logo depois dos interrogatórios, os advogados ratificam o pedido de liberdade aos acusados Paulo, Cristiano e Marcos, que comprovaram, através de documentos, os requisitos para responderem em liberdade o processo, entretanto o magistrado determina que o promotor de justiça se manifeste quanto ao pedido. Dias depois, o advogado do acusado Manoel também requereu a liberdade de seu cliente, esperando que o Ministério Público pudesse concordar com a soltura dos acusados para se defenderem em liberdade das acusações que recaia sobre eles.

No depoimento da principal testemunha, a qual foi vítima da tentativa de homicídio, algo surpreendente ocorreu, pois em sua narrativa detalhou como tudo aconteceu, entretanto não reconheceu os acusados como seus agressores, simplesmente afirma que Paulo se encontrava no local e chegou a ouvir ele dizer; - "E ai careca?" - mas não pode afirmar se ele participou da agressão. Em seguida as agressões ocorreram, mas não conseguiu precisar quem teria desferido golpes de machadinho, nem tão pouco que portava qualquer instrumento para responder as agressões. Desta vez negou que ele ou qualquer dos seus amigos fizessem parte do grupo dos "carecas", o que divergiu do primeiro depoimento, pois na ocasião chegou a mencionar que seguia a ideologia dos carecas e havia abandonado já alguns meses, entretanto, logo em seguida acabou confessando que de fato as vítimas fatais faziam parte da ideologia dos "carecas".

No depoimento da vítima sobrevivente, este tentou simular uma situação ao magistrado, entretanto foi desmascarado, pois sempre participou efetivamente da gangue dos carecas, só que desta vez na qualidade de vítima, o que de fato poderia esperar uma ação contundente por parte dos carecas, se de fato participaram do linchamento do acusado Manoel alguns meses antes dos fatos, contudo nada tinha sido comprovado.

O menor Cesar, acusado de participar do crime, também foi ouvido como testemunha, e confirmou parcialmente a versão da polícia, contudo algumas ressalvas foram feitas, negando ser integrante de qualquer violento, fazendo parte de uma banda de rock denominada "head bangers do ABC". Confirmou que teria visto o instrumento do crime, a machadinha, nas mãos de uma das vítimas, não sabendo precisar com quem estava. Na primeira versão a polícia, o menor Daniel, também acusado, teria dito que o referido instrumento estava na posse de Cesar, o que foi desmentido, colocando-o nas mãos de uma das vítimas.

Analisando os depoimentos do menor Cesar, se alternando e se modificando com o passar do tempo, a menção da posse do instrumento utilizado no crime, a machadinha, poderia estar com uma das vítimas, pois era um dos instrumentos utilizados pela "gangue dos carecas", isso demonstrado no estudo do perfil criminológico das vítimas, eram potencialmente agressores, permitindo que tal conjectura pudesse dar espaço a versão do menor Cesar, estando ele com a verdade, mas não de forma irrefutável, e sim pela forma de atuação dos grupos.

No depoimento do menor Daniel, aquele que havia confessado a pratica do crime no 35º. Distrito Policial, e posteriormente, ainda na polícia, negou a participação atribuindo aos acusados Paulo, Cristiano, Marcos e Manoel os autores do crime, em juízo modifica mais uma vez seu depoimento, e desta vez admite que enquanto Manoel segurava uma das vítimas com uma chave de braço, Daniel esmurrava sua vítima na cabeça, e somente depois, enquanto a confusão continuava, Paulo pediu para que se retirasse do bar aguardando com Manoel do lado de fora, pois tanto ele, como Manoel estavam lesionados em virtude das agressões a que foram vítimas alguns meses antes. Foi neste momento que relatou que também foi agredido com o acusado Manoel tempos antes por um grupo de "carecas do subúrbio", recebendo um disparo na perna. Nos depoimentos anteriores jamais mencionou que a lesão proveniente de um disparo na perna teria recebido na confusão meses antes com o acusado Manoel, o que foi outra surpresa para todos que estavam instruindo as provas do processo, tanto o promotor de justiça como para os defensores dos acusados. A versão também se modificou quanto a integrar o grupo dos "head bangers do abc", dizendo que era um grupo de rock formado por ele e seus amigos e depois do acontecimentos o grupo musical acabou, e ficaram conhecidos como a gangue do "head bangers"

O menor Daniel não respondia pelo duplo homicídio em virtude da sua condição de menor, portanto seu depoimento vagava de acordo com a sua conveniência, haja vista que quando foi ouvido em juízo tinha completado quinze anos de idade, portanto não responderia nem pelo falso testemunho se mentisse, e isso lhe garantia a total impunidade pelos atos praticados, era suficientemente maduro para agredir, mas a lei não o alcançava para corrigi-lo, tanto é que quando admitiu o duplo homicídio e a tentativa contra as vítimas a autoridade policial, foi encaminhando a SOS criança e no dia seguinte foi colocado em liberdade assistida, o que demonstrou a total falta de respeito pela vida humana, ali já estava traçado seu perfil criminológico e seu caráter. Não tinha dificuldade com a mentira, acreditava no que contava, somente lhe faltava que a narrativa tinha que ser a mesma, para que as autoridade envolvidas pudessem acreditar em sua versão, pois na apuração do crime os detalhes é que revelam o crime e não o fato e o resultado.

Em uma rápida análise dos depoimentos pronunciados até esta fase, em que pese as negativas dos acusados, da vítima sobrevivente e os depoimentos dos menores, estávamos diante de dois grupos ideologicamente oponentes, versando sobre qualquer um deles as ações e reações, pois o objetivo maior naquele momento era cada um deles se defender, sem se acusarem mutuamente, como pudemos observar no depoimento da própria vítima, narrou os fatos, colocou-se na qualidade de vítima, negou a participação como integrante de grupo violento e depois não reconhece seus agressores, somente o Paulo que supostamente era o chefe da gangue.

Crimes praticados por menores, ou aqueles que estão saindo da adolescência, são difíceis de apuração, pois estão saindo de um mundo de fantasias, um verdadeiro conflito existencial e hormonal, onde tudo é possível e permitido, não temendo nada e a ninguém, a mentira dá espaço para a verdade que só pertence a eles, mas não a realidade, onde os pais perdem facilmente as rédeas se não as conduzirem bem, e desde o iniciou. Isso comprova que os adolescentes de hoje não são diferentes daqueles de vinte anos atrás, ao contrário se modernizaram e ganharam mais espaço ainda com a verdadeira integração ao mundo exterior, e não mais restrito, como acontecei algumas décadas. A mentira dos adolescentes era datilografada, e hoje é digitalizada, como se isso pudesse se revestir de credibilidade, eu diria que a mentira de hoje é infinitamente mais verdadeira do que a de antes, em virtude dos instrumentos disponibilizados pela informação.

No curso do processo a testemunha MMO compareceu em juízo a fim de prestar esclarecimentos quanto a suposta tentativa de coação praticada pela proprietária do bar "Góticos", e que está testemunha era amiga dos acusados, e lá sempre se encontravam, e que no dia dos fatos não presenciou, pois chegou momentos depois, quando a polícia já estava no local e o bar encontrava-se aberto, mas não chegou a entrar, somente no dia seguinte se encontrou com Cassia, e confidenciou que estava muito triste pelos acontecimentos, e chegou a mencionar a testemunha que teria que fechar o bar, e muitas dívidas estavam por vencer, pois clientes deveriam pagar-lhe, inclusive os acusados, então a testemunha sugeriu que telefonasse ao acusado Paulo, e pedisse que acertasse as contas, e isso foi feito, inclusive a própria testemunha ligou para Paulo e conversando e explicando a situação de Cassia, e logo passou o telefone para conversarem diretamente, e isso foi feito na sua presença. Durante a conversa, em momento algum a acusada de extorsão exigiu valores para não delatar os acusados, simplesmente solicitou o pagamento das contas pendentes, e que isso foi feito por Paulo e os demais que deviam ao bar "Góticos".

O investigador de polícia UCS, na época lotado no 16º. Distrito Policial, que atuou nas investigações do caso, presenciou a confissão dos acusados pela pratica do duplo homicídio e a tentativa, sendo que o acusado Paulo foi detido por ele e seus colegas investigadores a caminho da casa para o trabalho, narrou os detalhes da confissão dos acusados e da extorsão praticada pela proprietária do bar, identificando e individualizando a conduta de cada um dos acusados, e a vingança se deu em virtude das agressões praticadas pela gangue dos carecas meses antes contra o acusado Manoel. Que o acusado Paulo tinha o apelido de "toupeira" em virtude dos dedos dos pés serem juntos. E que ainda recebia informações sobre os fatos, inclusive o delegado recebeu carta anônima ameaçadora, endereçada a ele e ao juiz de direito, que caso fossem condenados eles seriam mortos.

Em complemento ao depoimento do investigador UCS, seu colega também investigador EP, foi ouvido em juízo e confirmou a versão das confissões e o encontro de comprovantes de depósitos na conta da proprietária do bar "Góticos", proveniente da suposta extorsão contra os acusados, e ainda revela que Paulo possui defeito físico na mão e no ombro esquerdo, e que supostamente era o líder do grupo que tinha características violentas, inclusive recebeu carta dizendo que se fossem julgados e condenados, os investigadores, o delegado, o juiz de direito e os jurados seriam mortos. O investigador ainda fornece o perfil violento das gangues dos carecas, temendo que as ameaças possam ser concretizadas em virtude dos atos violentos que vinham praticando, pois andam em grandes grupos e armados.

Os relatos dos investigadores que atuaram

nas investigações procedidas pelo 16º. Distrito Policial foram importantes, além disso juntaram a carta recebida na delegacia mencionando as ameaças proferidas as autoridades e assinada pelo "Mac Baker" líder dos "White Power", entretanto a prova se relativiza a partir do momento que tentam relacionar os acusados com as ameaças, pois os verdadeiros agressores dentro do processo criminológico e vitimológico são os integrantes da gangue dos "carecas", e o que coloca em dúvida se a versão dos policiais procede ou se tenta criar um temor, induzindo-os a erro. Ainda dentro da versão narrada pelos investigadores que também se contradiz, revelam o conteúdo da carta, ameaçando a integridade física deles, do delegado, do juiz de direito e dos jurados, entretanto os relaciona com as agressões praticadas pela gangue dos "carecas", contudo os integrantes da mencionada gangue foram vítimas, confundindo com atuação dos acusados que faz parte do grupo dos metaleiros, conhecidos como "head bangers", que não tem histórico de violência.

Algumas testemunhas de defesa foram ouvidas em juízo, entretanto nada puderam acrescentar com relação aos fatos, aquelas que se encontravam do lado de fora do bar "Góticos", assim que ouviram o primeiro disparo logo se evadiram do local, não sabendo quem teria desferido e também não retornando mais no local. E aquelas que não presenciaram os fatos, nada puderam ajudar, somente no sentido de que conhecem os acusados e que nunca se envolveram em confusão, sempre com característica de testemunha de antecedentes, que nada podem ajudar com relação a defesa quanto aos fatos, pois se não presenciaram, evidentemente não podem versar sobre o assunto.

Na minha visão testemunha de antecedentes são imprestáveis sobre o ponto de vista estratégico, não colaboram com absolutamente nada na defesa dos acusados, ao contrário, muitas vezes versão sobre assuntos que não diz respeito, acabam tomando tempo e não justificam a participação no caso a ser julgado.

Com o encerramento da instrução nesta fase do processo, o promotor de justiça pede ao Juiz de direito que a denúncia seja acolhida, submetendo os acusados Paulo, Cristiano, Marcos e Manoel, pela pratica de duplo homicídio e uma tentativa, duplamente qualificada pelo motivo torpe e dificuldade de defesa das vítimas, e a acusada Cássia pelo crime de extorsão, pela exigência de recursos para não delatar os acusados pelos crimes de homicídios e tentativa. Caso o Juiz acolha o pedido do promotor de justiça, os acusados serão submetidos ao conselho de sentença que poderá acolher ou não a acusação, portanto condenando ou absolvendo os acusados pelos crimes apontados.

Os advogados dos acusados também apresentaram suas alegações, refutando o pedido da acusação, pleiteando ainda a nulidade das audiências que ouviram as testemunhas de defesa, haja vista que o pedido de adiamento se deu pela não apresentação dos acusados que estavam sob a responsabilidade do estado, presos e aguardando a remoção até o fórum, estando presente somente um dos acusados que já havia sido apresentado pelo delegado de polícia responsável. Quanto a acusada Cássia que respondia em liberdade o processo, justificou sua ausência em virtude de consulta médica. Os advogados intimados para audiência aguardaram por quarenta e cinco minutos, entretanto como os Acusados não foram apresentados se retiraram do fórum alegando o tempo suficiente de espera, portanto que fosse marcada a audição das quase vinte testemunhas para outra oportunidade, entretanto o magistrado indeferiu o pedido dos advogados e nomeou outros defensores para promoverem as defesas naquela audiência, logo que os acusados chegassem ao fórum, o que aconteceu depois de duas horas da saída dos advogados constituídos pelos acusados.

O magistrado rejeitou qualquer possibilidade de nulidade do ato da audiência, pois entendeu que não ocorreu prejuízo aos acusados, e por essa razão a audiência não deveria ser anulada, conforme pedido dos defensores.

Ainda na alegações dos advogados, estes pedem que os acusados não sejam submetidos ao conselho de sentença, ou seja impronunciados, pela total falta de provas, pois o fato da confissão nas dependências do 16º. Distrito policial não eram suficientes para pronunciar os acusados, e por essa razão pediram para rejeitar a acusação promovida pelo promotor de justiça.

Em que pese todo esforço da defesa no sentido de inviabilizar a acusação do duplo homicídio e a tentativa, bem como a extorsão era quase impossível tal proeza, pelos indícios do cometimento do crime, isso sob a minha visão, pois nesta fase o processo exige o mínimo de prova para submetê-los a julgamento perante o conselho de sentença, e essa analise não é sob a minha restrita visão, mas sobre tudo pela aplicação da lei que não exige o máximo de prova e sim o mínimo de indícios.

Portanto, em que pese ainda não ter ingressado no processo como advogado dos acusados, nesta fase do processo, a minha perspectiva não seria outra senão pronunciar os acusados e submetê-los ao crivo do tribunal do júri, que é o competente para julgar os casos de homicídios e os crimes que por ventura tenha sido praticado para acobertar os supostos crimes contra a vida.

No julgamento sim exige-se o máximo de prova possível a ser produzida naquela fase, pois caso o conselho entenda que as provas não foram suficientes poderão absolver os acusados pela pratica dos crimes, entretanto o pleito dos advogados era impedir que os jurados pudessem julgar aquele caso, mas ainda não era o momento de analisar todos os pontos do caso, tínhamos que aguardar o julgamento, era a única resposta que teríamos, sob o ponto de vista técnico.

Muitas vezes para o leitor tudo isso é confuso, entretanto na minha visão é necessários, pois precisamos saber com profundidade como funciona os nossos tribunais, não é simplesmente o resultado, mas como chegamos a este ou aquele resultado, a sociedade sempre não entende que um acusado poderá responder em liberdade, em que pese o crime grave e foi objeto de reportagem, simplesmente alguém solta e não explica o porquê o fez, e por essa e outras razões que vejo necessidade de submeter os tramites judiciais para que possamos compreender as nossas instituições.

Muitas vezes sou criticado, e até me acusam de ferir a ética profissional por analisar a atitude de um advogado, criticando, inclusive sua atuação, contudo me sinto tranquilo, pois as minhas analises são sempre sob o ponto de vista legal e extremamente pragmático, pois isto me dá a certeza de não estar faltando com a verdade, o que digo não é para satisfazer o meu ego ou de qualquer outro advogado, mas sim para responder a uma determinada situação que não foi analisado corretamente, sou sempre aberto a críticas, desde que tenha fundamento, o que na maioria das vezes não ocorre são os argumentos suficientes para me reprimir e repudiar as minhas posições, e por esta razão que sempre tenho tranquilidade em minhas colocações, chego até a brincar dizendo que a constituição assegura a liberdade de expressão, portanto estou amparado por um direito constitucional.

Neste caso era função dos advogados pleitearem aquilo que entendessem necessário, por mais absurda que pudesse ser, o que não foi o caso, entretanto poderiam fazê-lo, pois estariam exercendo a amplitude de defesa contemplada na constituição, o que asseguro neste caso, que os advogados estavam tranquilos, e assim poderiam ficar, porque no lugar deles faria a mesma coisa, sempre buscando a defesa dos acusados amparados na lei.

No entendimento do magistrado, mesmo faltando alguns laudos a serem juntados no processo, achou por bem sentenciar independentemente dos pedidos tanto da acusação como das defesas, julgando prejudicado os requerimentos elaborados, promovendo a decisão no sentido de pronunciar todos os acusados pela pratica dos crimes de duplo homicídio e tentativa, duplamente qualificada pelo motivo torpe e dificuldade de defesa, e pela extorsão praticada pela proprietária do bar "Góticos", para acobertar a identidade dos supostos autores dos crimes, submetendo-os ao julgamento no tribunal do júri por se tratar de crimes contra a vida e os crimes conexos, como assim chamamos. O magistrado em sua sentença, determina a manutenção dos acusados no presídio em que se encontram, não permitindo que recorram em liberdade, por se tratar de suposta gangue dos "head bangers do abc".

Portanto em cinco meses dos fatos, o magistrado promoveu a sentença de pronuncia dos acusados, submetendo-os ao tribunal do júri, os quais permaneciam presos até o julgamento que seria designado assim que transitasse em julgado aquela decisão do juiz de direito.

Dias depois da sentença de pronuncia, o Instituto de Criminalística de São Paulo, remete o laudo de confronto balístico da arma de fogo apreendida no local, que é uma garrucha calibre 380', a qual foi confrontada com os projeteis retirados das vítimas fatais para saber se de fato aquela arma foi utilizada para matar os supostos integrantes da gangue dos "carecas".

Mais uma vez o laudo acaba surpreendendo a todos, pois na verificação elaborada pelos peritos do núcleo de balística do Instituto de Criminalística, chegou-se à conclusão que aquela arma apreendida não foi utilizada para ceifar a vida daquelas vítimas, criando um impasse, pois a sentença de pronuncia foi decidida com base nas confissões doas acusados no 16º. Distrito policial, aquele que os procedimentos foram de forma estranhas, não cumprindo com os princípios legais e que os atos colidiram com o procedimento elaborado no 35º. Distrito policial que atendeu a ocorrência, os quais foram encaminhados para aquele distrito por determinação da polícia militar de São Paulo, permanecendo no local não só o menor Daniel que assumiu a culpa, e isentou todos os acusados do processo, sendo liberados assim que prestaram os depoimentos. Isso causava preocupação, pois diante do resultado do laudo, colocava em dúvida o trabalho efetivado pelo delegado de polícia do 16º. Distrito policial, e criava uma falsa expectativa de que a polícia teria, em tese, feito a sua parte, entretanto o laudo colocava em cheque todo o trabalho.

Em 24 de janeiro de 1994, o promotor de justiça apresenta a formalização da acusação, peça conhecida como libelo crime acusatória, contra os acusados Paulo, Cristiano, Marcos, Manoel e Cássia, que responderam pelos crimes perante o conselho de sentença que será designado.

Terceiro Capítulo

A difícil função de acusar, defender e julgar

Muitas vezes nos perguntamos quanto a

função do promotor de justiça, criticamos severamente sua atuação, entretanto a de se refletir em virtude da tarefa exercida pelo órgão acusador. Sua atribuição é a aplicação da lei, mas como atuar diante de tantas ineficiências dos organismos da polícia, daqueles que deveria auxiliar a justiça na busca da verdade, na investigação de cada caso, em especial nos crimes contra a vida, pois é o nosso maior bem dentro de uma hierarquia de valores, é lógico que temos a liberdade e o patrimônio, mas a vida deve ser tutelada por todos, não só pelo Estado, mas sobre tudo por cada cidadão.

Quando nos deparamos com um acusado de homicídio, vimos naquela pessoa alguém que deverá ser repudiada por toda a sociedade, inclusive pelo próprio advogado, é o que se espera de todos, pois inúmeras foram as vezes que me perguntaram como tinha coragem de defender alguém que matou, e sempre enfrentei as perguntas com tranquilidade, pois a defesa é o direito de qualquer cidadão, tenha ou não a culpa, mas faria milhares de defesas sem a menor preocupação ou mesmo peso na consciência, pois o trabalho da defesa é o mesmo da acusação. O que percebemos na acusação que muitos acusados são apontados como autores de crime sem a prova, o que também causa preocupação a acusação, alguns ainda se redimem no julgamento pedindo a absolvição, mas outros promotores de justiça, aqueles que promovem a acusação pelo prazer de acusar, se mantém acreditando em alguma farsa no processo, e conduzem sem o menor problema.

Portanto acusar alguém de ter feito algo é de tamanha responsabilidade, imaginem apontar uma pessoa pela pratica de crime de homicídio, essa pessoa deverá ter a certeza da informação, com pena de estar cometendo atrocidade humanitária, podemos e devemos imaginar alguém cumprindo pena em que o nosso depoimento foi decisivo na condenação, mas não temos a certeza da acusação, qual será o nosso sentimento durante todo cumprimento da pena, essa é a maior das penas, pois sempre estaremos imaginando alguém que se encontra trancafiada por nossa exclusiva culpa, sei que na maioria do tempo vai esquecer daquela pessoa, mas em alguns momentos da vida, a memória resgatará e sua consciência falará mais alto.

Essa é a maior das preocupações que tenho tido em toda minha vida profissional, acusar alguém sem a certeza, é preferível absolver essa pessoa, aliviando seu íntimo, pois ai sim vai esquecer, apagar de sua memória aquela situação de constrangimento, porque nada fez de errado em homenagem a sua dúvida.

Se a dúvida se prioriza, jamais terá a certeza!

Portanto a defesa é sempre mais confortável do que a acusação, em que pese estar, muitas vezes, diante da certeza, mas as provas revelam ao contrário, pois alguém não foi suficientemente competente para promover a certeza, estando somente no defensor e no acusado.

O que fazer diante da certeza, quando o processo só proporciona dúvidas ao advogado?

Na minha visão é simples, só está próximo da certeza em decorrência da função que exerce no caso, pois se assim não fosse jamais chegaria próximo dela, o que significa que confiaram no seu talento de advogado, e que jamais poderá romper com a confiança depositada.

Esse é o ponto máximo da defesa, saber da verdade, mas exigir de quem deveria promover e não tem competência para fazê-lo, pois é fácil falar da verdade quando se sabe, e extremamente difícil quando se encontra muito distante dela.

Agora quando tem as duas pontas, a acusação e a defesa, sobra a sabedoria do magistrado em conduzir todos os relatos, as verdades, as mentiras e as dúvidas, como ponderar e priorizá-las, isto é função do magistrado que deverá ser pragmático a ponto de impor somente aquilo que o processo demonstra, sem desprezar sua sapiência, mas sobre tudo sua capacidade concatenar a direção que o processo se apresenta.

Os magistrados, muitas vezes correm contra o tempo, não exigem a produção das provas necessárias que deveria fazer, pois é a sua função, entretanto buscam agilizar o procedimento primeiro porque assim a lei impõe, e segundo os acusados encontram-se presos, e isso nos traz muitos aborrecimentos, permanecem anos a disposição da justiça e os órgãos policiais travam o processo investigatório pela falta de pessoal qualificado e também inexistência de equipamentos de investigação, isso na justiça estadual, entretanto o expediente que a justiça federal vem se utilizando são dos grampos telefônicos, isso para produzir a provar e agilizar o procedimento. Esta atuação da polícia e da justiça federal rompe com alguns direitos constitucionais, atropelam a lei, simplesmente amparados em decisões de alguns magistrados federais, que de forma indiscriminada autorizam as escutas telefônicas, e ai acabam grampeando não só o telefone da pessoa investigada, mas diversos outros, que muitas vezes não tem absolutamente nada com a investigação, cometem atrocidades em nome do poder de polícia, amparados em medidas judiciais irresponsáveis, tanto por parte do ministério público federal, como também pelo magistrado federal.

Isso nos retrata em que condições os nossos poderes de policias estão, abusos são cometidos diuturnamente, pela falta de critério e sobre tudo pela falta de cumprimento dos princípios constitucionais.

Em uma oportunidade, estava participando de uma mesa de debates na Faculdade de Direito da Universidade de São Paulo, ali no centro de São Paulo, mais precisamente no Largo São Francisco, e na mesa encontrava-se um senador da república, extremamente respeitado pela sua atuação no congresso nacional, um juiz federal de São Paulo, um promotor de justiça, e na manifestação do Juiz Federal chegou a comentar no debate que os magistrados de primeira instância não estavam preocupados com o cumprimento dos princípios constitucionais, isso era função do Supremo Tribunal

Federal, mas buscavam produzir as provas necessárias no processo para sentenciar com segurança, isso nos causou perplexidade, não só em mim que estava na formação da mesa, mas sobre tudo em todos que ali se encontravam, em especial ao senador da república, que a função principal é legislar, sobretudo na esfera constitucional. Essa manifestação tem sido o ponto principal dos conflitos existentes entre os magistrados de primeira instância e o presidente do Supremo Tribunal Federal, pois não cumprem os princípios constitucionais nas esferas inferiores e a Corte Suprema tem que corrigir os abusos cometidos pelos magistrados e desembargadores nos estados.

Essas são as funções de cada um no processo criminal, lidamos com as situações mais adversas, e aprendemos a cada nova sensação de movimentar o poder judiciário sem o seu comprometimento social, em que pese já se encontra comprometido quando se transformou em organismo político e não mais jurídico.

Quarto Capítulo

O histórico da guerra urbana

Durante os meses de outubro de 1992 a janeiro de 1993, inúmeros ataques de gangues dos "skinheads", "white power" e os "carecas", amedrontaram o estado de São Paulo e Rio de Janeiro, em nome do racismo, fascismo, neonazismo e do nacionalismo, atacaram homossexuais, judeus e nordestinos sem trégua, fazendo vítimas e se antagonizando entre eles.

Em outubro de 1992, fizeram uma reportagem com a gangue dos "carecas do abc", e estes se declararam seguidores de Plinio Salgado (um dos doutrinadores e chefe nacional da Ação Integralista Brasileira, fundado em 1932), jovens que praticam halterofilismo, usam cabeças raspadas, coturnos militares, calça preta e camiseta coladas, odeiam os homossexuais e judeus, defenderam os militares no poder, e são de extrema direta, treinados por grupos paramilitares. Todos demonstraram serem radicais, chegaram a mencionar que caso um homossexual assumisse a presidência da república praticariam um atentado. Defendiam ainda que o poder pertencia aos homens, quanto as mulheres deveriam ser boas mães, boas esposas, boas filhas e boas donas de casa, e que não deveriam trabalhar nas fabricas e nos escritórios, e que a função da mulher era a procriação.

O treinamento ideológico dos "carecas do abc" era feito por Anésio de Lara Campos Júnior, de 63 anos na época, pois foi considerado um dos mais autênticos seguidores dos ensinamentos de Plinio Salgado, declarando ser integralista desde 1946, quando tinha 17 anos, pois sempre foi contra os comunistas, os homossexuais e os corruptos. Declarou ainda na época que com a saída do Fernando Collor de Mello da presidência da república, não era a favor da transição de Itamar Franco, que os militares deveriam ter aproveitado e dado um golpe no governo e assumido novamente o poder no país.

Os grandes inimigos dos "carecas do abc" são os outros "carecas de São Paulo", que se denominam "white power", que segundo reportagens recebiam recursos do exterior e eram treinados por alguém conhecido como Ivan de Mauá, alegou um dos integrantes dos "carecas do abc".

Os "Skin heads" e os "whitw power", segundo entendimento dos "carecas do abc", seguiam os ensinamentos de Hitler, racistas e sempre odiaram nordestinos e negros. Na época a reportagem chegou a procurar um dos líderes dos "skin heads", conhecido como "Mack Baker", entretanto não foi possível entrevista-lo em virtude de seu desaparecimento, pois segundo informações da época, estava sendo perseguido pela polícia.

Depois de muito empenho da reportagem do jornal "shopping news", procuraram saber onde os "carecas do abc" se reuniam, em contatos telefônicos chegaram e se encontrar com alguns integrantes, e depois de rodar vários pontos da cidade, conseguiram localizar uma academia de musculação, em um lugar na periferia de São Paulo, e no último andar do prédio as reuniões secretas aconteciam sob um forte aparato de segurança, que os integrantes chamavam de "quartel-general dos carecas do abc".

Em janeiro de 1993, um grupo de cinquenta carecas racistas invadiram um ônibus no centro de São Paulo, na Rua Augusta, e agrediram a golpes de machadinha dos cidadãos paulistanos e brancos, pois normalmente agrediam os negros, judeus e nordestinos, fugindo do padrão da estupidez dos integrantes dos carecas, sendo lesionados com golpe de machadinho e faca, um deles foi atingido por um golpe na perna, mas foram socorridos e levados a Santa Casa com hematomas pelo corpo.

Na mesma semana do ocorrido outros integrantes da gangue dos "carecas", quarenta e seis integrantes invadiram uma boate em Ribeirão Pires, e novamente duas pessoas foram massacradas pela ignorância e selvageria dos marginais, só não foram mortos pela intervenção da polícia militar que foi acionada pelo proprietário da boate. E um mês antes, o mesmo grupo destruiu uma outra boate em Santo André.

Em 01 de junho de 1993, a polícia prendeu vinte integrantes de gangues, depois de um grupo de "skin heads" se confrontar com o grupo dos "carecas do subúrbio", na região central de São Paulo, em frente a uma boate na Rua Augusta. Um menor, integrante dos "white power", foi ferido e encaminhando ao Hospital de Clínicas, chegando no pronto socorro se recusou a ser atendido por um enfermeiro negro que se encontrava de plantão. O confronto se deu após um grupo de "white power" passar em frente do grupo dos "carecas do subúrbio" desferindo disparos de arma de fogo, ninguém foi atingindo, entretanto os grupos entraram em luta corporal, e com socos e pontapés lesionaram o menor que foi atendido.

A sede do Centro de Tradições Nordestinas

no bairro do Limão em São Paulo, também foi alvo de quatro integrantes da gangue dos carecas, pichando e amedrontando os frequentadores do local, mas ninguém ficou ferido na invasão.

Na onda de ataques dos "carecas do abc", dos "skin heads" e dos "white power", a Ordem dos Advogados do Brasil, Seccional de São Paulo chegou a instalar uma comissão para tratar do assunto e a polícia federal prendeu um indivíduo conhecido como "Macbacker", mas logo foi liberado.

Na mesma época dos ataques em São Paulo, o Canecão, a tradicional casa noturna do Rio de Janeiro também foi invadida por um grupo de "skinheads" agredindo várias pessoas, e destruindo parte da casa de shows onde se apresentavam uma banda de rock, inúmeras pessoas ficaram feridas e doze carecas foram presos, mas logo liberados. A segurança da casa de shows foi avisada por telefonemas anônimos de que o grupo estaria presente disposto a provocar confusão, entretanto não foram competentes para impedir o ingresso da gangue, permitindo seu ingresso no show.

Em Porto Alegre, no Rio Grande do Sul, dois cemitérios israelitas foram atacados na madrugada e amanheceram cobertos por suásticas e frases como “seis milhões foram pouco”, e em Pelotas uma sinagoga foi pintada com uma suástica vermelha.

Em um estudo feito em 1993 pela Universidade de Tel-Aviv, em Israel, o Brasil seria um dos principais focos de crescimento do racismo. Na América Latina, Honehau, cidade paraguaia aponta como um foco de exportação de neonazistas para a Argentina e para o Sul do Brasil, em Santa Catarina e Rio Grande do Sul. Em São Paulo foi apontada como a maior concentração de “skin heads” em todo o país; a cidade de Aparecida do Norte, que é a maior concentração do catolicismo, foi apontada organização da agremiação nazista do Partido Nacional Socialista Brasileiro; No Rio de Janeiro, detectaram a criação de novos grupos nazi-skinheads em 1993; No Rio Grande do Sul, ocorreu o crescimento de grupos dos skinheads durante o ano da pesquisa; Em Belém, na capital paraense, novos grupos de nazista, sobretudo na zona norte da cidade, ao lado do Amazonas; e no Recife, surgimento de grupos neonazistas, maior concentração no nordeste do país.

O documento que foi enviado para todas as universidades do planeta, aponta o Brasil como o maior país de expansão dos neonazistas em decorrência da falta de esperança, o desemprego, da crise econômica, os jovens culpam os judeus e os negros, pela falta de perspectivas, e por essa razão vem se rebelando na expansão dos grupos radicais, prevalecendo a intolerância com as ações dos neonazistas.

No "best seller" A Coisa do escritor Stephen King desenha uma de suas bestas mais horripilantes, Amorfa, a coisa que arranca ossos, mata crianças e aterroriza uma pequena cidade que convive com os tumores sociais de seus cidadãos. Logo no início do livro, um homossexual é morto mediante espancamento praticado por adolescentes bestiais, no estilo das Ku Klux Klan nos Estados Unidos, das gangues de Los Angeles, ou da Alemanha, onde habitualmente atentam contra os romenos e vietnamitas na cidade de Rostock. Estudos foram feitos por sociólogos, e chegaram à conclusão que ocorriam em virtude da "falta de opção de lazer a juventude". Se fizermos um paradigma as atrocidades que acontece no Brasil a fora, perceberemos que a Coisa poderá estar entre nós, em uma democracia racial que era dada como mito, mas que é uma realidade da mistura de raças e religiões em nosso país. Podemos até não se dar conta de uma ação aqui, outra ali, mas que a bestialidade se encontra entre nós não temos a menor dúvida, o que se precisa se atentar é no momento que essas Coisas começam a agir e praticar crimes, saindo do campo ideológico para as invasões, destruições e matança em nome do neonazismo, do integralismo, do fascismo e do nacionalismo.

O Núcleo de Estudos da Violência da Universidade de São Paulo, também entrou no estudo comportamental dos grupos neonazista, preocupados com a onda de crescimento dos grupos, em setembro de 1992 inicia-se o trabalho objetivando debater o tema, levando para a Câmara dos deputados, e em audiência pública em dezembro do mesmo ano, os senadores da república e deputados, o ministro da justiça, das relações exteriores, governadores de Estado, prefeitos das capitais e representantes da sociedade civil ligados à defesa dos direitos humanos debateram o assunto à exaustão, pois o tema era preocupante em virtude dos ataques que vinha ocorrendo em todo país. O Governo de São Paulo instituiu como ação imediata a delegacia especializada para crimes raciais, através da Secretaria de Segurança Pública, em ação conjunto coma Secretaria da Educação iniciaram uma campanha de prevenção objetivando informar a sociedade de que racismo é crime e não contravenção como ocorria na década de 50, após a primeira versão da Lei Afonso Arinos. Um "manual da cidadania" apontando os direitos constitucionais e um vídeo intitulado "Cidadania e Discriminação" foi elaborado para veicular em emissora de televisão, e ainda a rede estadual de ensino instituiu na grade curricular, alcançando seis milhões de crianças e adolescentes a disciplina para discutir o tema racismo.

Após um minucioso trabalho para identificar os grupos, chegaram a seguinte conclusão, segundo o relatório:

a- ""White Power" (poder branco), facção Skinhead: "adotam a estética e a ideologia hitlerista; não admitem negros ou nordestinos em seus grupos; querem separar a região sudeste do resto do Brasil; mantém contato com skinheads de outros países sobretudo da Itália, França e Alemanha; editam revistas e tem ramificações em São Paulo, Paraná e Rio Grande do Sul. Liderados por "NF, "Macbacker"".

b- ""Carecas do ABC" ou "Carecas do Subúrbio": jovens da periferia de São Paulo. Usam emblemas hitleristas;

admitem negros e nordestinos no grupo; votam nulo; não gostam de drogas, roqueiros cabeludos multinacionais. Fazem musculação e reuniões todos os anos na Praça da Sé, em comemoração ao Dia do Trabalho. Contariam com 20 ou 30 integrantes no ABC e mil em todo o país. Segundo alguns participantes, o nome carecas estaria ultrapassado. Hoje se definem como membros da Ação Integralista Brasileira e seu lema á "Deus, Pátria e Família". São liderados ideologicamente por Anésio Lara de Campos Junior."

c- ""Carecas do Brasil" (Rio de Janeiro): "muito fortes e agressivos, passam quase todo o tempo ouvindo Rock, fazendo musculação e treinando boxe tailandês", os carecas do Brasil distinguem-se dos skinheads pela ausência de preconceito racial: "no nosso grupo temos negros e não gostamos é de gringos"".

d- ““Skinheads” (cabeças raspadas): “Na Europa, se identificam com a extrema direita e exigem participação política. Defensores dos ideias nazistas, os carecas europeus também vivem na periferia dos grandes centros. Eles tem ocupado o noticiário internacional ao incendiarem abrigos para estrangeiros na Alemanha”. Contam com quase 1000 membros em São Paulo e são inimigos dos carecas. Possíveis ligações com grupos da Bélgica, Alemanha e Portugal, através de IGF””.

Indícios da Organização dos Grupos:

a- Uso de nomes falsos;

b- Veiculação de “fanzines” (revistas);

c- Premeditação das ações;

d- Viagens ao exterior; e

e- Existência de caixas postais para comunicação.

Publicações – fanzines

a- Orgulho Paulista;

b- Determinação e Coragem;

c- Raça e Pátria;

d- Skinzine (Brasil e Alemanha);

e- Racial Loyalty (Lealdade Racial);

f- Executive Intelligence Review (EUA); e

g- Risveglio Europeo (Respeito Europeu – Itália).

Na conclusão do trabalho para os analistas, o fenômeno do ressurgimento do antissemitismo seria em consequência da crise econômica e social pela qual o mundo passou. Com o renascimento dos grupos neonazistas na Alemanha, os setores da população mais afetados pela crise econômica podem fornecer o apoio para as ideologias autoritárias. Nestas ocasiões de crise, avaliou o rabino Henry Sobel – "o sentimento de frustração gera a procura, por certos grupos, de bodes expiatórios, e as minorias são mais atingidas". Tanto na Europa quanto aqui, interpreta o articulista Marcelo Coelho – "é provável que exista uma ligação entre o desemprego e esse tipo de movimentos. Havendo grande parcela de jovens sem espaço para integrar-se à sociedade, seja no sistema educacional, seja no sistema de trabalho, é obvio que, postos à deriva, sem qualquer objetivo de auto aperfeiçoamento ou de ascensão, entregam-se a grupos de qualquer tipo – torcidas organizadas, seitas, micropartidos nazistas que lhes permitam, de um lado, extravasar agressivamente as próprias frustrações, e, de outro, encontrar um posto, um cargo, um lugar na hierarquia, além de amigos, de companheiros, seus "iguais". São formas patológicas de socialização, de se ter "um lugar" no grupo, quando a sociedade mais ampla, o sistema econômico, o país como um todo, não sabe como absorvê-los de forma produtiva".

Os principais alvos das trinta possíveis gangues existentes que professam os ideais nazistas somente em São Paulo, com diferenças ideológicas entre eles.

a- Negros;

b- Judeus;

c- Nordestinos;

d- Não-paulistas em geral;

e- Estrangeiros (gringos);

f- Homossexuais;

g- Comunistas;

h- Punks;

i- Petistas; e

j- Anarquistas.

Para o antropólogo Pedro Paulo Funari – “as escolhas dos nordestinos e judeus como alvos privilegiados dos ataques teriam fundo econômico: que chegam ao sul sem qualificação, seriam vistos pelo segmentos mais pobres e afetados pela recessão como usurpadores de empregos". No caso dos judeus, por sua vez, trata-se para antropólogo de uma imagem que resiste a séculos: "eles seriam sempre o protótipo do rico, que enriquece às custas do trabalhador comum".

E defendem como ideologia:

a- Superioridade racial dos brancos;

b- Nacionalismo;

c- Militarismo;

d- Contra drogas, álcool e o fumo;

e- Separatismo político de São Paulo ou do Sudeste do restante do país;

f- Moralismo: fidelidade conjugal, valores religiosos (crença em Deus) e valores familiares; e

g- Machismo.

Quinto Capítulo

A punição

O processo estava preparado para ser julgado, e até aquele momento eu ainda não havia ingressado no caso, pois outros advogados conduziam a defesa dos acusados.

Na véspera do julgamento designado para 10 de agosto de 1994, laudos periciais ainda não tinham sido juntados nos autos, e os advogados exigiam, pois sem aquelas provas o processo não estava preparado para julgamento.

O magistrado acolhe o pedido dos advogados e determina a juntada dos laudos faltantes, dentre eles o laudo pericial de local.

Com a chegada do laudo, inicia-se analise

para verificar o que poderia nos trazer de novo quanto ao caso. Várias fotos foram tiradas do estabelecimento onde ocorreram os fatos, e como sempre, revelações ocorreram. Observamos que na discrição feita do local dos fatos, correspondia a um pequeno salão situado em uma galeria, cujo o acesso realiza-se tanto pela Rua Caramuru, como pela Avenida Jabaquara, funcionando ali o estabelecimento do bar "Góticos", as entradas não tinha mais do que dois metros de largura, e no seu interior um espaço um pouco mais amplo, onde se encontravam cadeiras e mesas reviradas, e no chão manchas de sangue. O que no chamou a atenção foi o rastro de sangue que havia em toda a extensão do corredor até a calçada, como se as vítimas tivessem sido arrastadas por aquele longo corredor que certamente tinha mais de quinze metros até alcançar o acesso principal. Ainda não sabíamos se as vítimas tinham sido arrastadas antes da chegada do socorro ou aquelas marcas feitas no próprio socorro. Era bem intrigante, pois caso tivesse ocorrido antes do socorro tinha objetivo de colocar as vítimas na calçada, caso contrário, se o socorro havia procedido daquela forma, certamente as vítimas não seriam salvas, pois alguém que se encontrava lesionada por disparo de arma de fogo jamais poderia ter sido socorrida naquelas condições, pois certamente viria a óbito, como de fato ocorreu.

Ainda em uma das paredes, próxima a entrada do estabelecimento pela Avenida Jabaquara, uma distância não mais do que três metros da entrada do estabelecimento, uma cavidade como se fosse impacto de disparo de arma de fogo, na altura, do chão até o impacto de dois metros e dez, com a trajetória de baixo para cima.

Ainda na preparação do julgamento, os advogados constataram que nos autos também não havia o laudo residuográfico realizado na 35ª. Delegacia de polícia por ocasião da prisão do menor e dos acusados, pois na oportunidade a autoridade tinha requisitado a realização da verificação de todos os acusados da existência ou não de resíduos de pólvora nas mãos dos acusados, pois negaram a pratica do crime, atribuindo aos menores os disparos.

Com aquela confusa investigação realizada pela 16ª. Delegacia de polícia, dispersando os trabalhos, havia dúvida se de fato os laudos de constatação de resíduos de pólvora tinham sido realizados, então com a informação dos advogados que de fato o laudo tinha sido realizado, e o mesmo encontrava-se arquivado no Instituto de Criminalística de São Paulo, o magistrado determinou que fosse oficiado para juntar o respectivo laudo no processo.

No dia do julgamento designado o laudo residuográfico foi juntado, e na oportunidade os advogados e o promotor de justiça tomaram conhecimento do exame pericial, e de fato ficou comprovado através do laudo que os acusados foram submetidos ao exame em ambas as mãos e o resultado foi negativo para todos os acusados, inclusive para o menor que admitiu o crime. Entretanto nos comentários dos peritos, estes esclareceram que: "o resultado negativo não implica na afirmativa da negatividade de disparo de arma de fogo, uma vez que é possível disparar-se um revolver ou similar sem que os micros resíduos de combustão da carga de iniciação ou micro partículas de chumbo resultantes da abrasão do projétil, sejam detectadas em função da sensibilidade do reagente e ínfimas quantidades existentes no suporte. Além desses fatores, outros influem, tais como: justeza da arma, modo de empunhar, condições de disparo, intervalo de tempo decorrido entre o disparo e a coleta de material, preservação das mãos".

O que significa, que os peritos colocaram em dúvida que a negatividade do laudo nada provava em favor dos acusados, podendo ter sido eles quem atiraram contra as vítimas, mas em função das condições do exame estes atestaram o que foi examinado e não o que de fato ocorreu.

Com a juntada do laudo na data do julgamento, inviabilizou a realização, pois além do laudo ter sido juntado um dia antes, importantes testemunhas da defesa faltaram, e o magistrado remarcou para oito dias depois a realização do julgamento, pois os acusados estavam presos desde julho de 1993.

No dia 18 de agosto de 1994, os acusados foram apresentados para serem julgados, as testemunhas estavam presentes, contudo o advogado do acusado Manoel, de comum acordo entre os demais defensores e o promotor de justiça, requereu que seu cliente fosse julgado em outra oportunidade, e assim foi acolhido pelo magistrado e designado para 27 de setembro de 1994, e quanto aos acusados Paulo, Cristiano, Marcos e Cássia foram julgados naquela oportunidade.

Na instalação do julgamento, os jurados foram sorteados, sendo seis homens e uma mulher, todos acima de trinta anos, com as mais variadas profissões, e habilitados para proceder o julgamento, pois nenhum dos defensores ou o promotor de justiça impugnou qualquer um deles.

Os acusados Paulo e Cristiano foram interrogados pelo magistrado, e negaram a participação no crime, informando apenas que chegaram no local dos fatos e ali foram humilhados pelas vítimas, atribuindo-os que eram homossexuais, Paulo então foi tirar satisfação, entretanto assim que iniciou a conversa uma outra confusão já havia se formado, saindo em seguida para fora do bar, enquanto que Cristiano chegou a entrar, mas antes mesmo da confusão teria saído e permanecido com Manoel na calçada. Os acusados negaram que a acusada Cássia tinha exigido dinheiro para não revelar os nomes dos acusados, e sim que os valores depositados na conta da acusada foi em virtude de dívida dos gatos com bebida, pois possuíam conta e pagavam semanalmente e devido aquela situação, ela então ligou para o acusado Paulo pedindo que acertasse as contas em virtude de dívidas em decorrência do fechamento do estabelecimento.

O acusado Marcos, também ouvido negou a

participação dos fatos, entretanto revelou que de fato encontrava-se armado, e quando estava no interior do bar, uma enorme confusão se estabeleceu, e sabendo que seu amigo Paulo estava no interior procedeu um disparo para o alto objetivando cessar toda aquela situação, entretanto logo saiu uma vez que a confusão permaneceu com outras pessoas que não conheciam. Justificou a posse da arma de fogo em virtude de morar em local perigoso na região de São Bernardo do Campo, admitindo ainda que tem o corpo todo tatuado com figuras artísticas, mas se recusou a mostrar ao magistrado, ao promotor de justiça e aos jurados.

Os acusados Paulo, Cristiano e Marcos informaram ao magistrado que foram coagidos psicologicamente pelos policiais do 16º. Distrito policial a assinarem a confissão, pois já tinham sido ouvidos no 35º. Distrito policial e lá negaram os fatos, sendo que na oportunidade o menor Daniel confessou a pratica dos crimes, não sabendo o porquê modificou posteriormente a versão.

A acusada Cássia, também foi ouvida e negou a pratica da extorsão, pois a cobrança foi em virtude da dívida existente pelos acusados no estabelecimento, que com o fechamento do bar "Góticos" teria que saldar as dívidas e telefonou para Paulo cobrando o valor da conta que estava pendente, assim como com os demais clientes, sendo que os mesmo depositaram o valor em sua conta corrente. Que de fato foi coagida na 16º. Distrito policial a assinar o depoimento, mas algumas versões foram fantasiosas, pois jamais atribuiu os fatos a alguém, nem tampouco exigiu dinheiro para acobertar os criminosos. Que quanto aos fatos, muitas pessoas encontravam-se no momento no interior do bar, entretanto não observou quem ali se encontra, sabendo somente que uma das vítimas era conhecido como "holligans", que estava acompanhado por dois outros amigos, o "holligans", o que tinha características orientais era alto e forte, assim como seu outro amigo, e que ambos trajavam boina, suspensório, calça jeans e coturnos, e o terceiro amigo vestia roupa convencional.

O delegado de polícia responsável pela investigação e titular da 16º distrito policial foi ouvido pelo magistrado, revelou que só tomou conhecimento dos fatos em virtude de jornalistas o procurarem no dia posterior aos crimes, como o distrito estava congestionado, os policiais militares conduziram ao 35º. Distrito, então na posse de informações dos jornalistas, procurou saber qual das delegacias teria atendido a ocorrência, uma vez que o local dos fatos pertence a jurisdição do 16º. Distrito. Na época dos fatos o assunto de racismo fervilhava em virtude de vários fatos terem ocorrido, inclusive as ameaças proferidas contra a direção da rádio atual, que estava sediada no centro de tradições nordestinas no bairro do Limão. Que dias depois recebeu um telefonema anônimo informando que os autores do duplo homicídio e uma tentativa teria sido praticada por maiores e não pelos menores como havia sido registrado no 35º. Distrito. Diante das informações, e com o apelido de uma dos possíveis autores, as investigações iniciaram e chegaram no acusado Paulo, que só foi possível em virtude de um dos investigadores passar por empresário de grupo de rock, levando-o até a delegacia e lá confessou o crime delatando seus comparsas. Com a prisão temporária decretada contra Paulo, o magistrado acabou decretando dos demais acusados, sendo que Cristiano e Manoel foram ouvidos em seguida e o acusado Marcos foi preso em Assis, na casa dos avôs, pois percebeu que as investigações estavam próximo dele. A motivação do crime se deu em decorrência das agressões praticadas contra Manoel por um grupo de "carecas" meses antes dos fatos, inclusive este fato foi amplamente divulgado, pois Manoel foi encaminhado ao Hospital das Clínicas, e lá se recusou ser atendido por um enfermeiro negro, então instigou seus amigos a perseguirem os seus agressores. O grupo então tomou conhecimento que os agressores de Manoel eram frequentadores do bar "Góticos", preparam e investiram contra as vítimas vingando o acusado Manoel. Que de fato os acusados faziam parte dos “head bargers do abc”, que enquanto pregavam o separatismo para o estado de São Paulo, os “carecas” pregavam o nacionalismo, portanto eram grupos opositores, e que tinham aversão a nordestinos. Quanto as ameaças sofridas, dizendo que caso os acusados fossem julgados e condenados, matariam as autoridades envolvidas, estas não foram investigadas, em que pese terem sido encaminhada ao magistrado, fazendo parte integrante do processo que está sendo julgado. E o crime de extorsão que a acusada Cássia responde, de fato foram confirmadas, nos depoimentos dos acusados, dizendo que para acobertar os acusados Paulo, Cristiano, Marcos e Manoel, deveriam pagar a quantia de vinte milhões de cruzeiros, e foi possível arrecadar os depósitos efetuados na conta da acusada, em que pese a acusada ter alegado que os valores correspondiam ao pagamento de contas pendentes do bar “Góticos”.

No depoimento da vítima Caio notícia que não participava de nenhum grupo radical, mas tinha conhecimento que seus vizinhos

Alex e Ciro eram nacionalistas, não sabendo o que isso significava, e foi convidado a acompanhar seus amigos até o bar "Góticos" que era sua primeira vez no local, estavam sentados quando foram abordados pelo acusado Paulo, dizendo algo relacionado a "carecas", mas em seguida agressões foram praticadas por várias pessoas, não observando a fisionomia dos demais, somente do acusado Paulo, ouvindo três ou quatro disparos enquanto permanecia ao chão sendo agredido por diversas pessoas. Na delegacia chegou a mencionar que um dos agressores era o acusado Paulo, mas não sabe dizer o porquê não ficou mencionado, e que jamais teria apontado o menor Daniel como o autor dos crimes. Quanto ao rastro de sangue no corredor da galeria, teria sido provocada quando prestava socorro às vítimas, juntamente com policiais que providenciaram uma ambulância, e que a vítima Ciro faleceu no hospital, mas Alex morreu ainda quando estava no interior do bar.

Quanto as testemunhas de defesa ouvidas

em plenário nada acrescentaram, pois nenhuma delas presenciou os fatos, somente narrando fatos ocorridos em virtude de conversas e noticiais jornalísticas, e que não acreditavam que pudessem ter praticado aqueles crimes, entretanto poderiam testemunhar em favor dos acusados pelos antecedentes, pois sempre foram pessoas que nunca presenciaram qualquer ato atentatório contra quem quer que seja. O pai de uma das testemunhas que trabalhava no jurídico da empresa que o acusado Paulo também trabalhava, chegou a se entrevistar com o acusado Paulo na delegacia e este afirmou que teria negado a pratica do fato, entretanto não chegou acompanhar o interrogatório por não atuar na área e que prestava serviço a companhia e estava impedido de advogar para outra causa. Uma outra testemunha chegou a mencionar que presenciou a briga de uma das vítimas conhecida como "hollegans", e que de fato fazia parte da gangue dos "carecas", mas não tinha receio, em que pese ser mulato, e sabendo que os "carecas" odeiam os negros nunca teve receio de qualquer ameaça que pudesse partir daquela vítima. E uma terceira testemunha, tia do acusado Marcos, também foi ouvida e que soube da acusação dos crimes praticados pelo sobrinho, mas não acreditava, pois o criava desde um ano de idade, e jamais cometeu qualquer ato agressivo contra alguém. E que de fato foi levar sua avó até Assis, e lá permaneceu por alguns dias, quando foi surpreendido por um policial da delegacia de Assis cumprindo um mandado de prisão contra ele, pois o investigador da 16ª. Delegacia chegou a ligar para ela solicitando o telefone da casa onde Marcos se encontrava, pois teria que ouvi-lo novamente em virtude de ter testemunhado um duplo homicídio, fornecendo ao investigador o local onde Marcos pudesse ser encontrado, e lá ele foi preso e transferido para São Paulo.

O magistrado, após ouvir os acusados e testemunhas, passou a palavra para o promotor de justiça, que com base na instrução da prova elaborada em plenário pediu ao conselho de sentença a condenação dos acusados Paulo, Cristiano e Marcos pela pratica do duplo homicídio e o tentado, duplamente qualificado pelo motivo torpe e que dificultou a defesa das vítimas, e a condenação da acusada Cássia pela pratica do crime de extorsão exercida contra os acusados para se manter no anonimato os autores dos crimes.

Os defensores dos acusados Paulo, Cristiano e Marcos, pediram o acolhimento da tese defensiva pela negativa de autoria, pois não estava provado a participação dos acusados nos crimes, em que pese a presença dos acusados no local dos fatos. Assim o fez o defensor da acusada Cássia, que também pedia a absolvição por falta de provas que comprovasse a pratica do crime de extorsão.

Após a manifestação das partes, o conselho de sentença se reuniu para proceder o julgamento, e o primeiro a ser julgado foi o duplo homicídio e tentado, duplamente qualificado. O conselho de sentença chegou ao veredicto e por maioria de votos condenou os acusados Paulo, Cristiano e

Marcos pela pratica dos homicídios, devidamente qualificados. E quanto a acusada Cássia, está também foi submetida a julgamento, e o conselho de sentença, também por maioria de votos condenou-a pela pratica do crime de extorsão.

O magistrado então aplicou a pena com base na decisão dos jurados, condenando o acusado Paulo pela pratica do duplo homicídio qualificado, e quanto a tentativa, esta foi desclassificada para lesões corporais, aplicando a pena de 20 anos de reclusão em regime fechado, quanto ao acusado Marcos foi condenado a pena de 21 anos e 8 meses de reclusão em regime fechado, e o acusado Cristiano também foi condenado a pena de 21 anos e 8 meses de reclusão, também em regime fechado. A acusada Cássia foi condenada pelo crime de extorsão, aplicado a pena de 4 anos de reclusão, mas cumprirá a pena em regime aberto.

Dentro do prazo que alei estabelece, tanto o promotor de justiça, como os defensores dos acusados recorreram da decisão, pleiteando que novo julgamento fosse realizado em virtude da pena ter sido superior a vinte anos de reclusão.

O magistrado acolheu os pedidos dos defensores dos acusados Paulo, Cristiano e Marcos, e determinou a realização de um novo julgamento.

Em 28 de novembro de 1994, um novo conselho de sentença foi formado, com a participação de cinco homens e duas mulheres, procedendo o julgamento dos acusados Paulo, Cristiano e Marcos, e desta vez os advogados absolveram os acusados pela pratica do duplo homicídio e o tentado, duplamente qualificados pelo motivo torpe e dificuldade defesa, sendo na oportunidade, todos os acusados foram colocados em liberdade até o julgamento do recurso de apelação que o promotor de justiça na época interpôs, por entender que a decisão dos jurados foi contrária do primeiro julgamento que os condenou as penas acima de vinte anos de reclusão.

Em 27 de setembro de 1994, o acusado

Manoel foi submetido a julgamento, já que seu defensor solicitou que o mesmo fosse julgado separado dos demais acusados, e nesta oportunidade, mesmo preso e aguardando seu julgamento a mais de ano foi apresentado para apresentar sua defesa.

O magistrado instalou a sessão plenária, sorteando os jurados para composição do conselho de sentença, sendo composta por seis homens e uma mulher, com profissões diversificadas e todos acima de 30 anos de idade.

No interrogatório do acusado Manoel negou a participação no evento criminoso, em que pese se encontrar no local no dia dos fatos com os demais acusados, permaneceu todo o tempo na calçada, entrando somente para cumprimentar a proprietária Cássia, e logo se pôs na parte de fora, pois tinha conhecimento que no interior alguns integrantes da gangue dos "carecas" se encontravam. Que alguns minutos após sua chegada percebeu que no interior do bar havia confusão e logo em seguida ouviu um disparo, não sabendo o que de fato ocorrera. Quando foi conduzido ao 35º. Distrito policial, o menor Daniel confessou o crime, e se restringiu a informar que estava na calçado quando tudo aconteceu, diferentemente quando foi preso após algumas semanas pelos policiais do 16º. Distrito, que chegando perante a autoridade não falou absolutamente nada, o escrivão já tinha tudo pronto, me informando que assim que assinasse estaria liberado, e de tal sorte que assinou, mas não foi liberado, pois se tratava da confissão dos crimes que não praticara, permanecendo preso durante todo o tempo aguardando o julgamento. Que de fato alguns meses antes dos fatos narrados neste processo foi surrado em frente a uma boate chamada Armagenon na Rua Augusta, pois enquanto aguardava do lado de fora com sua namorada para ingressar no estabelecimento, alguns integrantes da gangue dos "carecas" o agrediram sendo conduzido ao hospital das clínicas, e lá chegando foi atendido pelos médicos. A versão dada pelo delegado de polícia que teria se recusado a ser atendido por um enfermeiro negro é mentirosa, isso jamais aconteceu, foi inclusive questionado pelo delegado do 78º. Distrito policial, e foi desmentido pelo enfermeiro tal versão. Que em decorrência das agressões sofridas, seu maxilar foi fraturado e acabou tendo que usar aparelho durante três meses, e que no dia dos fatos estava usando aparelho para mobilizar em função de estar em recuperação. Quanto ao comentário de que a acusada Cássia teria exigido dinheiro para preservar o seu nome e dos demais acusados da autoria dos crimes não é verdade, pois jamais fez qualquer menção neste sentido, e que também não procedeu nenhum deposito na conta da acusada, não sabendo se os acusados deviam para o bar "Góticos". Quanto ao comentário da acusada Cássia de que tem aparência "nazistóide" na época dos fatos, não tem conhecimento o porquê da afirmação, talvez em função das tatuagens que possui, pois tem uma aranha tatuada na cabeça, que seu braço direito é todo tatuado, e em um dos dedos da mão direita tem uma caveira tatuada. Que se envergonha de ter feito as tatuagens, e por essa razão não concorda em mostrá-las aos jurados. Quanto a afirmação do menor Daniel, que enquanto segurava uma da vítima ele esmurrava não é verdade, pois permaneceu o tempo todo na parte de fora do bar. Que jamais fez parte da gangue dos "carecas", e que começou a andar com os demais acusados a partir de 1992, por ser apreciador do "rock metaleiro".

A vítima Carlos também foi ouvido e narrou sua versão dos fatos, reafirmando que reconheceu somente o acusado Paulo, e que não se lembra de que o acusado Manoel o segurou enquanto os demais o agrediam. Na oportunidade foi questionado se possuía uma tatuagem de leopardo nas costas e este confirmou mostrando a todos em plenária, afirmando ainda que gostou da ideia de fazer a tatuagem nas costas e por isso o fez.

O delegado de polícia também foi ouvido pela segunda vez e confirmou a narrativa dos fatos investigados, apontando o acusado Manoel como um dos integrantes de agressores que praticaram o duplo homicídio e a tentativa, pois confessou os crimes quando foi ouvido e as investigações demonstraram sua responsabilidade na ação, inclusive instigando os demais acusados a se vingar das agressões que sofrera meses antes dos fatos na Rua Augusta.

A testemunha de defesa do acusado Manoel, confirmou que o conheceu em 1992, alguns meses antes dos fatos, e que na ocasião dos crimes cometidos estava no bar "Góticos" e pode confirmar sua permanência na parte de fora do bar o tempo todo que lá esteve, que enquanto conversavam na parte de fora, confusões ocorriam na parte interna e logo em seguida ouviu disparos de armas de fogo, e ambos se evadiram do local, tomando conhecimento que o acusado foi detido e encaminhado para o 35º. Distrito policial, podendo confirmar que o acusado não participou do evento criminoso ocorrido no interior do bar "Góticos".

O investigador de polícia que atuou no

inquérito para apurar a autoria dos crimes confirmou a confissão do acusado Manoel perante a autoridade policial, que de fato não sabe precisar sua efetiva participação, mas era certo que foram até o bar "Góticos" com o propósito de vingar as agressões sofridas pelo acusado meses antes dos fatos, isso ficou demonstrado nas investigações que foram realizadas pela equipe. Que a acusada Cássia chegou a ligar para os acusados avisando que os "carecas" estavam frequentando o bar dela, e que por essa razão, naquela noite foram até lá vingar as agressões contra o acusado, pois estava literalmente com o queixo caído em virtude do espancamento, e por essa razão se utilizava de aparelho para manter seu maxilar fixo, mas mesmo naquelas condições chegou a desferir socos e pontapés contra as vítimas.

Encerrada a coleta de provas, o magistrado concede a palavra ao promotor de justiça que sustenta a condenação do acusado pela pratica do duplo homicídio e a tentativa, duplamente qualificada, pedindo rigor na aplicação da pena em virtude da brutalidade ale praticada pelo acusado, pois ele teria instigado o cometimento do crime em decorrência das agressões sofridas meses antes na Rua Augusta, e por essa razão a reprimenda deveria ser exemplar, inibindo desta forma ações criminosas por gangues que cometem crimes contra negros, judeus e nordestinos, como é o caso do acusado que participou ativamente de ações racista, como colocou o delegado de polícia quando o acusado foi encaminhado ao Hospital das Clínicas, se recusando a ser atendido por um enfermeiro negro.

Logo que encerrada a fala da acusação, o advogado assume a palavra da defesa, repudiando a alegação da acusação quanto a suposta pratica de preconceito racial por parte do acusado, como ele mesmo afirmou que não correspondia com a verdade tal informação, e que por essa razão autoridade policial do 78º. Distrito apurou e o próprio enfermeiro não confirmou a pratica de crime racial. Que quanto aos crimes praticados no interior do bar "Góticos", estes não foram praticados pelos amigos do acusado, nem tampouco teve sua participação, que este fato foi praticado por outras pessoas, não tendo nenhuma relação com as agressões sofridas por parte do acusado, aliás este já não se importava com as agressões que sofrera, pois era coisa do passado, como ele mesmo afirmou, pois não havia o porquê ter receio daqueles integrantes da gangue dos "carecas" que se encontravam no interior do bar, tanto que também não receava qualquer ação por parte deles, pois a situação já tinha ficado para trás. E por essa razão o acusado Manoel teria que ser absolvido pelo conselho de sentença em virtude da total falta de certeza da acusação, não podendo e nem tampouco devendo condenar alguém sem a certeza incontestável da ação praticada pelo acusado, e que está se fragilizou a partir do momento em que a própria vítima não confirma a ação pelo acusado, por não reconhecê-lo como agressor das vítimas.

Encerrada os debates entre a acusação e defesa, o magistrado que preside a sessão plenária, questiona se os jurados estão preparados para proceder o julgamento, e afirmam que se encontram habilitados com os elementos necessários para julgar o acusado, então o magistrado se reuni com o conselho de sentença, o promotor de justiça e o defensor para proceder o julgamento.

O conselho de sentença decidiu que o acusado praticou o duplo homicídio, entretanto afastou as qualificadoras pelo motivo torpe e dificuldade de defesa, condenando-o pela pratica dos crimes de homicídios simples, e quanto a tentativa de homicídio absolveram o acusado pela pratica do crime.

O magistrado passa então aplicar a pena pelos crimes de homicídio simples, resultando em 10 anos de reclusão em regime fechado, acolhendo ainda a ação continuada, o que representou aplicar a pena de um dos crimes de homicídio aumentado a pena no segundo, conforme admitido pela lei penal.

Diante do resultado imposto pelo conselho de sentença, o promotor de justiça, indignado com o afastamento das qualificadoras e absolvição da tentativa recorreu da sentença para que o Tribunal de Justiça de São Paulo anulasse a decisão dos jurados, impondo um segundo julgamento.

Em 22 de setembro de 1997, o Tribunal de Justiça de São Paulo anulou o julgamento que absolveu os acusados Paulo, Cristiano e Marcos, submetendo-os a novo julgamento pelo Tribunal do Júri, e acolhendo também o pedido da acusação no sentido de anular o julgamento do acusado Manoel que foi condenado a pena de 10 anos de reclusão, sendo que o promotor de justiça entendia que o conselho de sentença jamais poderia ter afastado as qualificadoras dos crimes consumados e absolvido do crime tentado, e por essa razão o Tribunal de Justiça anulou o julgamento do acusado Manoel, submetendo-o a novo julgamento.

Os acusados Paulo, Cristiano e Marcos, respondendo ao processo em liberdade não foram localizados, e o magistrado que conduzia o processo concedeu aos advogados prazo para se apresentarem com pena da decretação da prisão dos acusados.

Em 01 de julho de 1999, os acusados Paulo e Cristiano se apresentam espontaneamente no fórum, e tomam conhecimento do julgamento que fora designado para 19 de julho de 1999.

Em 15 de julho de 1999, o acusado Marcos não foi localizado, e por essa razão o magistrado decreta sua prisão a pedido do promotor de justiça, que passa a ser considerado foragido, em virtude de sua ocultação e sobretudo em decorrência dos péssimos antecedentes criminais, pois havia condenação pelo crime de roubo praticado em 1998, aguardando a prisão decretada e o cumprimento da condenação.

Em 19 de julho de 1999, os acusados Paulo, Cristiano e Manoel presentes para serem submetidos a julgamento, entretanto se instalou a sessão somente para o acusado Manoel, não se realizando para os acusados Paulo e Cristiano em virtude do pedido do advogado recentemente constituído, não havendo tempo suficiente para o estudo do processo, em virtude da alegação do defensor, o magistrado redesignou o julgamento para 19 de outubro de 1999.

No julgamento do acusado Manoel, em que pese a manutenção de sua negativa na participação dos crimes, a defesa técnica submete o pedido comum entre as partes, haja vista que o promotor de justiça pede ao conselho de sentença que acolham o duplo homicídio e a tentativa, entretanto afastem as qualificadoras dos crimes por entender que de fato as vítimas poderiam esperar a reação dos agressores em função das agressões sofridas pelo acusado, e por sua vez a defesa concorda com o pedido e o conselho de sentença acolhe a tese de forma definitiva.

O magistrado então aplica a pena de 14 anos de reclusão, pela pratica dos três crimes de homicídios, sendo dois consumados e um tentado, em regime fechado, permanecendo no presídio em que se encontra para o cumprimento da reprimenda, aguardando o transito em julgado, para que as partes não tenham mais possibilidade de recursos, com exceção daqueles para progressão de regime prisional a que o acusado tem direitos legítimos, assim como a extinção do cumprimento da pena pela tentativa em virtude do tempo decorrido da data dos fatos até a sentença final.

Em 28 de julho de 1999, o magistrado extingui o cumprimento da pena de 2 anos de reclusão quanto ao acusado Manoel, impondo a pena definitiva de 12 anos reclusão em regime fechado, não podendo nenhuma das partes recorrer da pena imposta, dando-a como definitiva.

Em 16 de agosto de 1999, o advogado dos acusados Paulo e Cristiano renunciou da defesa pelos motivos de foro íntimo, e o magistrado tomando conhecimento do pedido do defensor concede prazo para nomeação de novo defensor dos acusados.

Em 17 de agosto do mesmo ano, os acusados me nomearam para proceder a defesa em plenária que estava designada para 19 de outubro do mesmo ano, portanto tempo suficiente para estudar o processo e estabelecer a estratégia a ser praticada, pois tratava do terceiro julgamento e outro não teríamos para tratar do mérito da causa, e em virtude disso se impôs uma rígida tomada de decisão, o julgamento não poderia acontecer nos próximos meses.

Com o julgamento se avizinhando não poderíamos realizá-lo, então surgiu a oportunidade de redesigná-lo em virtude da ausência das testemunhas de defesa. O que de fato foi feito, justificando ao magistrado a necessidade das testemunhas faltantes, pois elas poderiam subsidiar a defesa, uma vez que os acusados foram absolvidos no último julgamento com base nos depoimentos, e o magistrado então, redesignou o julgamento para 23 de março de 2000.

No dia designado para julgamento mais uma vez não ocorreu em virtude da ausência de testemunhas, e a defesa se utilizou do mesmo expediente para novamente redesignar o julgamento para 18 de julho de

2000, que também não ocorreu em função da mesma motivação, e isso era benéfico aos acusados, pois não podíamos realizar o julgamento dentro do ano 2000. O magistrado sem saída, pois era direito da defesa não realizar o julgamento sem a presença das testemunhas faltantes, redesignou o julgamento para 12 de dezembro de 2000.

Na oportunidade os acusados Paulo e Cristiano foram submetidos a julgamento, e este estava sob a minha defesa, e dependendo do resultado, os acusados poderiam sair da plenária algemados, o que nos causava certa apreensão, pois depois de muitos anos aguardando o julgamento em liberdade, poderiam sair dali para um presídio para cumprimento de pena, da mesma forma em que o acusado Manoel cumpria sua pena de doze anos de reclusão. Portanto a defesa tinha que ser pautada com extremo cuidado, pois qualquer falha poderia ser fatal.

O promotor de justiça que atuava naquele

julgamento era o mesmo que procedeu o julgamento do acusado Manoel, portanto estávamos tratando do duplo homicídio e um tentado na forma simples, uma vez que não poderia mudar sua estratégia em virtude do julgamento anterior, portanto já esperávamos que o promotor de justiça propusesse o afastamento das qualificadoras, e quanto ao crime tentado este já estava extinta a punibilidade, partindo de uma pena máxima de doze anos para cada acusado, se igualando as penas do acusado Manoel.

Os jurados foram sorteados, e dentre eles, quatro homens e três mulheres, com profissões distintas como, encarregado administrativo, administrador de empresas, taxista, auxiliar de cabeleireiro, aposentado, advogada e funcionário público estadual, e das mais diversas idades, o que demonstrava um conselho de sentença eclético e talvez preparado para enfrentar aquela causa diferenciada, pois estávamos tratando de crimes de homicídios entre dois supostos grupos que se antagonizavam em virtude da ideologia de cada um deles, integralistas, nacionalistas, separatistas, neonazistas, racistas, etc..

Então fomos para o confronto, os acusados insistiam na negativa de autoria, pois tinham sido absolvidos no julgamento anterior, e isto proporciona-lhes confiança para serem novamente absolvidos, entretanto tínhamos um problema sério, e irremediável, pois a decisão do Tribunal de Justiça de São Paulo, no relatório que foi acolhido pelos três desembargadores daquela corte, que anulou o julgamento absolutório foi massacrante quanto a absolvição, rejeitaram a decisão do conselho de sentença, chegando a criticar aquela decisão, portanto tínhamos uma prova acrescida nos autos, o relatório do desembargador de desqualificou a decisão absolutória, e certamente o promotor se utilizaria daquela decisão para buscar a condenação, e isso faria muita diferença nas argumentações da acusação, reforçando-a a ponto de impor ao conselho a decisão dos desembargadores.

Neste caso estávamos diante do terceiro julgamento, sendo o primeiro os acusados foram condenados à pena de 20 anos de reclusão, o segundo absolvição, contudo já tínhamos traçado a estratégia a ser estabelecida, só não podíamos revelar, em que pese o promotor de justiça e o magistrado pudessem ter conhecimento da minha defesa, mas estava apostando que tivesse passado despercebido dos homens da lei, e que pudessem ser julgados, mas sem o risco da prisão se eventualmente viesse a condenação. Então concordamos com a proposta do promotor de justiça pelo afastamento das qualificadoras, trabalhando com a pena de 12 anos em definitiva, pois a pena da tentativa já estava extinta. Os acusados não concordavam em admitir os crimes, pois insistiam na negativa de autoria, entretanto depois de muita conversa reservada, passaram a confiar na defesa preparada aos acusados Paulo e Cristiano.

O promotor de justiça e o magistrado concordaram com a tese comum, os acusados seriam condenados pela pratica dos crimes de homicídios, tentado e consumado, mas a pena imposta seria de 12 anos de reclusão, e o reconhecimento da extinção da punibilidade quanto a tentativa, e que só ocorreria após o transito em julgado, que o prazo era de cinco dias após o julgamento, e que os acusados aguardariam o transito em julgado para o cumprimento da pena, que só aconteceria após a pena em definitivo, e sobre tudo que os acusados não fossem preso no final do julgamento e quanto as inúmeras testemunhas, estas seriam dispensadas, ouvindo somente os acusados e a apresentação das teses, então todos deram suas palavras, e no Tribunal do Júri sempre foi marcado pelo compromisso do promotor de justiça, do advogado, e do magistrado, que durante toda minha vida profissional, dentro do tribunal do júri, nunca os compromissos foram quebrados, e se isso ocorresse o julgamento seria dissolvido, portanto interrompido, mas felizmente isso nunca foi necessário, porque todos mantinham seus compromissos nestes quase vinte anos de atuação do júri.

Com a instalação da sessão de julgamento e o sorteio dos jurados, se deu início, ouvindo os acusados Paulo e Cristiano, que admitiram a participação nos crimes de homicídios, tanto tentado como consumado, e que a motivação se deu em virtude de gangues oponentes, pelos acusados os "heads bangers do abc" e do lado das vítimas os "carecas do subúrbio", e que de fato foi a vingança em decorrência das agressões cometidas ao acusado Manoel, quando este foi violentamente agredido pelos "carecas do subúrbio" em frente à boate "Armagenon", situado na Rua Augusta, o que desencadeou uma procura incessante dos acusados aquelas vítimas fatais. A defesa pessoal do acusados se resumiu a poucas palavras, o suficiente para admitir a responsabilidade dos crimes praticados, sem entrar em detalhes, pois reconhecida a autoria e manifestada a motivação era o suficiente para levar aquela acusação e a defesa dos acusados.

Com a dispensa das inúmeras testemunhas, a acusação assume a palavra e sustenta a tese anteriormente acertada, havendo só a necessidade da confirmação por parte do conselho de sentença, pois estes eram os juízes de fato e de direito, e somente eles poderiam acolher aquela tese sustentada pela acusação e defesa.

O promotor de justiça em poucos minutos encerra a acusação e imediatamente passa para a defesa que confirma a tese sustentada, e que os acusados, diante dos relatos deveriam ser condenados pela pratica dos crimes de homicídios, tentado e consumados, contudo o afastamento das qualificadoras era justo, pois uma vez apresentada a motivação, e tudo levava a crer que de fato as agressões foram praticadas por aquelas vítimas contra o acusado Manoel, e diante disso se impunha a condenação dentro dos limites da lei e sobre tudo dos critérios da justiça, e os jurados tinham a liberdade de decidir da forma que entenderem, mas qualquer coisa fora do que estava sendo pleiteado pelo promotor de justiça e pelo advogado, estaria extrapolando os limites do que entendíamos como justo, e aplicação da justiça se dava com o reconhecimento da tese apresentada pelas partes.

Pouco tempo depois a defesa encerra sua fala, e a acusação dispensa da réplica, e consequentemente a defesa não poderá se utilizar da tréplica, o magistrado então encerra os debates, e submete ao conselho de sentença a decisão final, convidando-os a decidirem na sala secreta, estando presentes o magistrado, o conselho de sentença, o promotor de justiça, o advogado, e os funcionários do tribunal que auxiliam os trabalhos.

Assim que encerra a votação, o magistrado volta ao plenário para anunciar a decisão dos jurados, e como não poderia ser diferente, este anuncia o reconhecimento do duplo homicídio e a tentativa na forma simples, uma vez que os jurados afastaram as qualificadoras, conforme pedido da acusação e defesa, impondo a pena de 14 anos de reclusão, entretanto extinguiu a pena de 2 anos pela tentativa de homicídio em virtude que os estado perdeu a oportunidade de exigir o cumprimento da pena em virtude do tempo decorrido, pois o crime foi praticado em 27 de junho de 1993, concedendo ainda a liberdade dos acusados até o transito em julgado, e se caso os acusados não recorressem da decisão aquela seria a pena em definitivo.

O julgamento transcorreu dentro do que tinha sido estabelecido entre a acusação e defesa, mas sobretudo dentro das estratégias definidas pela defesa, pois riscos estávamos correndo, mas ao final percebemos o êxito do trabalho em que pese a condenação, mas a defesa não terminava naquele momento, pois tínhamos o cumprimento da pena, e isso fazia parte da estratégia de defesa, impedir que a pena fosse cumprida, e sobretudo que os acusados fossem presos.

Então procedemos o recurso de apelação para impedir a prisão dos acusados antes mesmo do transito em julgado, haja vista que o magistrado concedeu apelar em liberdade. Conduzimos o recurso até julho de

2001, pois como a prescrição da pena se avizinhava, tínhamos que aguardar o prazo dos oito anos da data dos fatos.

Em julho de 2001, ingressamos com pedido ao Tribunal de Justiça desistindo do recurso de apelação, e que a pena de 12 anos transitasse em julgado.

Após o transito em julgado, precisamente dias depois da chegada do processo em cartório, era chegava a hora de revelar a estratégia estabelecida no processo a partir de nosso ingresso, então peticionamos ao magistrado pedindo o reconhecimento da extinção da punibilidade da tentativa de homicídio que a pena era de 2 anos de reclusão, e que esta já tinha sido manifestada pelo magistrado quando da sentença, entretanto precisávamos aguardar o prazo recursal da acusação, pois nada impedia o promotor de justiça em recorrer ao Tribunal de Justiça de São Paulo para aumentar a pena, o que era factível, e certamente os desembargadores aumentariam, até para não frustrar o cumprimento da pena, então era necessário aguardamos o prazo, e isto foi feito.

O que não se esperava era a contagem da prescrição pela metade, conforme dispõe a lei, pois aqueles que praticam crime ainda quando menores de 21 anos na época dos fatos, o prazo da prescrição se conta pela metade, portanto decorrido o prazo de 8 anos da data do fato, se imponha a extinção da punibilidade agora dos 12 anos de reclusão, e os acusados Paulo e Cristiano estavam enquadrados dentro do dispositivo legal em virtude da menoridade quando cometeram os crimes de homicídios.

Pedimos ao magistrado o reconhecimento da extinção da punibilidade, haja vista que o estado perdeu o direito de punir os acusados Paulo e Cristiano, então o magistrado acolheu o pedido da defesa, e arquivou o processo extinguindo a punição dos 12 anos de reclusão.

É fato que muitas vezes a punição se frustra, isso em decorrência da lei, que cabe ao advogado invocá-la, neste caso especifico o

Ministério Público exigiu o cumprimento da lei, mas não observou os prazos que o estado tem para cumprir, desta forma, se o primeiro promotor de justiça tivesse critérios, certamente a punição teria ocorrido, mas a exacerbação da busca do direito fez com o acusador perdesse o foco da acusação dentro dos limites da lei, e sobretudo perdeu os critérios de justiça, neste caso perdeu a sociedade, porque os acusados não foram punidos, perdeu a família das vítimas, porque seus entes foram e não mais voltarão. O promotor de justiça que atuou nos últimos dois julgamento agiu com correção, buscou o que de fato a lei pedia, no momento que afastou as qualificadoras, que era justa, se a pena se frustrou, certamente não foi por culpa do promotor de justiça, nem tampouco do magistrado que conduziu o processo dentro da agilidade possível, agora somada a ineficiência do Tribunal de Justiça de São Paulo, que demora anos para julgar um caso, e a necessidade constante de alguns promotores de justiça exigirem mais do que podem, se chega a famigerada impunidade.

Geralmente todos querem saber o que aconteceu com os acusados, no final de todas essas angustias que um processo criminal causa as pessoas e as famílias.

Manoel, atualmente com 35 anos de idade, foi condenado a 12 anos de prisão em regime fechado, cumpriu parte da pena e teve a progressão do regime prisional, para o semiaberto e depois para o aberto, atualmente vive com sua família.

Paulo, atualmente com 38 anos de idade, foi condenado a 12 anos de prisão em regime fechado, mas não cumpriu nenhuma outra pena depois da sua soltura em novembro de 1994, em virtude da extinção da punibilidade, já tinha uma filha, e atualmente constituiu família, tentando esquecer a época de rebeldia.

Marcos, atualmente com 35 anos de idade, envergonhado pelas tatuagens que fez em todo o corpo, foi colocado em liberdade em novembro de 1994, com a absolvição em plenário, contudo o julgamento foi anulado pelo Tribunal de Justiça de São Paulo, deveria ter sido julgado juntamente com os acusados Paulo e Cristiano, entretanto preferiu se evadir do distrito de culpa em decorrência de outra condenação por roubo praticada em 1998. Sua prisão foi decretada em 1999, sendo considerado foragido, depois disso não obtivemos nenhuma outra informação de seu paradeiro.

Cristiano, atualmente com 36 anos de idade, foi condenado a 12 anos de reclusão juntamente com Paulo, mas da mesma forma, não cumpriu pena após sua liberdade em novembro de 1994, em virtude da extinção da punibilidade, constitui família e hoje procura esquecer o passado, se ocupando com seus familiares.

Cássia, atualmente com 49 anos de idade, foi condenada a 4 anos de reclusão em regime aberto, cumpriu sua pena, pois o Tribunal confirmou em sede recurso, depois de 1997 não tiveram mais informações de seu paradeiro.

Daniel, atualmente com 30 anos de idade, mas na época dos fatos tinha 14 anos, ficou alguns dias no SOS criança, mas logo foi colocado em liberdade assistida, e depois de seu depoimento no 16º. Distrito policial, apontando os culpados dos homicídios, nunca mais foi visto, e nem manteve contado com seus amigos adolescentes.

Cesar, atualmente com 33 anos de idade, na época dos fatos tinha 17 anos, depois de seu depoimento no 16º. Distrito policial, em 27 de julho de 1993, apontando os responsáveis pelos crimes, nunca mais foi visto, nem manteve contato com seus antigos amigos da "head bangers do abc"

Caio, atualmente com 40 anos de idade, vítima da tentativa de homicídio, tinha orgulho de sua tatuagem de leopardo, antigo integrante da gangue dos "carecas do subúrbio", depois de ter sido agredido, reconhecendo somente Paulo como um dos autores dos crimes praticados, foi ouvido diversas vezes em juízo, depois disso também nunca mais soube-se de sua pessoa.

Esta é mais uma história de crimes de homicídio, onde gangues no período negro da disputa de espaço pela segregação racial, onde o culto ao fascismo, nacionalismo, integralismos, neonazismo, contagiava o mundo nos anos de 1992 e 1993, universidades se uniam para estudar a situação caótica em que compartilhávamos o mesmo espaço do exibicionismo da bestialidade, onde a intolerância prevalecia em virtude da ideologia da estupidez.

Felizmente este período passou, entretanto uma vez ou outra nos deparamos com verdadeiros sanguinários que ainda levantam a bandeira da ideologia da indecência, da estupidez e da bestialidade.

E que Deus possa iluminar o caminho dos perversos, e que a tradição hitleriana possa ser banida da civilização.

www.ingramcontent.com/pod-product-compliance
Lightning Source LLC
LaVergne TN
LVHW041107150826
845673LV00007B/1948

* 9 7 8 8 5 9 0 9 9 9 1 6 4 *